상남자 스타일

상남자스타일 7

임영기 장편소설

초판 1쇄 찍은 날 § 2018년 6월 21일
초판 1쇄 펴낸 날 § 2018년 6월 28일

지은이 § 임영기
펴낸이 § 서경석

총괄팀장 § 최하나
편집책임 § 김경민
디자인 § 신현아

펴낸곳 § 도서출판 청어람
등록번호 § 제387-1999-000006호
등록일자 § 1999. 5. 31
어람번호 § 제1-2923호

주소 § 경기도 부천시 부일로 483번길 40 서경B/D 3F (우) 14640
전화 § 032-656-4452 팩스 § 032-656-4453
http://www.chungeoram.com
E-mail § chungeorambook@daum.net

ISBN 979-11-04-91767-7 04810
ISBN 979-11-04-91631-1 (세트)

7
[완결]
FUSION FANTASTIC STORY
임영기 장편소설
상남자 스타일
도서출판 청어람

상남자
스타일

Contents

제41장
서해에서

선우와 혜령, 조찬숙, 민성환은 마당으로 나왔다.

제대로 앉아 있지도 못하던 민성환은 어찌 된 일인지 제 발로 걸어 다니고 있다.

선우가 민성환의 몸속에 자신의 정수체를 조금 주입해 주었기 때문이다.

손바닥을 그의 등에 밀착시키고 정수체를 일으켜 밀어내면 몸속으로 주입된다.

그러니까 지금 민성환은 자력이 아니라 선우의 힘으로 걷고 있는 것이다.

매우 오랜만에 바깥으로 나온 민성환이 감개무량한 표정으로 하늘을 올려다보았다.

"아, 얼마 만에 내 발로 걸어보는 것인지……."

대문을 나서기 전에 조찬숙이 선우를 돌아보며 말했다.

"잠시만 기다리시기요. 화통에 불 지피고 인민반장한테 댕겨오갔습다."

선우가 의아한 표정을 지었다.

"차는 우리 차로 가면 되고, 인민반장한테는 무엇 때문에 가는 것이오?"

혜령이 대신 설명했다.

"마을에 사람이 들고나는 것을 인민반장한테 보고해야 함다. 그러지 앙이 하믄 골치 아픔다."

말이 반장이지 인민반장은 자신이 담당한 마을 사람들을 감시하는 역할을 한다.

왜 화통에 불을 지펴야 하는지 조찬숙이 설명했다.

"목탄차를 여기에 놔두고 가면 의심받습다."

조찬숙은 그동안 목탄차를 운영하여 물건이나 사람들을 태워주고 운임을 받아서 생활해 왔다고 한다. 그건 남자한테도 힘든 일인데 여자인 그녀가 목탄차를 끌고 다녔을 상상을 하면 기가 막힌다.

"이모, 인민반장한테는 나하고 같이 가기요."

조찬숙이 손을 저었다.

"인민반장이 혜령이 너를 보며는 꼬치꼬치 캐물을 거이야. 괜히 일 맹글지 말고 여기 있으라우."

"이모는 어드러케 하려는 거이야?"

"인민반장한테 얘기해서리 같이 보안서에 가서 여행 허가증을 받으려는 거이다."

혜령이 조찬숙의 팔을 잡았다.

"그런 거이면 괜찮으니끼니 기냥 가기요."

혜령이 운전을 하고 조수석에는 선우가, 민성환과 조찬숙이 뒷자리에 탄 벤츠가 마을을 벗어나 철길 건너 신작로에 있는 보안서 앞에 멈추었다.

보안서는 뒤쪽에 마당이 있는 이 층 낡은 건물이며, 입구에 후줄근한 복장의 보안원 두 명이 행인들을 살피면서 서 있다가 자신들 앞에 멈춘 벤츠를 쳐다보았다.

짙은 선글라스를 쓴 혜령이 보안원에게 명령조로 말했다.

"야, 보안서장 날래 나오라고 해라."

보안원이 혜령의 위압적인 태도와 모습에 움찔하더니 공손하게 물었다.

"뉘기십네까?"

"내가 차에서 내리면 너는 죽는다이, 이 새끼야. 날래 보안서장 불러오지 않간?"

두 명의 보안원이 꽁지에 불이 붙은 것처럼 보안서 안으로 부리나케 달려 들어갔다.

뒷자리의 조찬숙은 혜령이 일부러 보안서 입구에 차를 세울 때부터 혼비백산했는데 이제는 혜령의 행동을 보고 사색이 되어 부들부들 떨었다.

"혜령아, 너 어째 그러니?"

혜령은 룸미러로 조찬숙을 보면서 미소 지었다.

"괜찮아, 이모. 내래 군인이야."

조찬숙이 깜짝 놀랐다. 그녀는 설마 혜령이 군인일 줄은 예상하지 못했다.

"옴마야, 기러면 너래 어디에 근무하는데?"

"정찰총국."

"……."

인민무력부 위에 군림하는 두 개의 조직이 있는데 그게 바로 정찰총국과 총참모부다.

이 두 부서에서 최하 말단이라고 해도 나는 새를 떨어뜨리는 권세가 있다는 것은 북한 사람이면 코흘리개도 알고 있는 사실이다.

그때 보안서 건물 안쪽에서 구둣발 소리가 나더니 좀 전의 두 보안원이 나오고 그 뒤에 45세가량의 깡마른 보안서장 복장의 사내가 뒤따라 나오고 있는 게 보였다.

보안서장은 벤츠를 보더니 정신이 번쩍 드는지 쪼르르 달려와서 운전석 옆에 섰다.

"무, 무슨 일이십네까?"

혜령이 고갯짓으로 뒤를 슬쩍 가리켰다.

"뒤에 두 사람 내가 데려간다."

보안서장이 열린 운전석 창으로 안을 기웃거리자 혜령의 불호령이 떨어졌다.

"이 새끼가 어딜 보는 거야? 너 죽고 싶네?"

"아, 앗! 잘못했습네다!"

보안서장은 차렷 자세를 취했다.

"운선마을 127호 살고 있는 차수창하고 이진순 부부다. 잘 처리하라우."

보안서장은 용기를 냈다.

"그런데… 누구십네까?"

혜령은 안주머니에서 신분증을 꺼내 창밖으로 내밀었다.

보안서장의 눈이 재빨리 신분증을 훑었다.

신분증 한가운데 새빨갛고 큼직한 별 하나가 찍혔으며 혜령의 사진 아래 '정찰총국' 중좌 아무개라고 적혀 있는 것을 보고는 보안서장의 얼굴이 노래졌다.

"사, 살펴 가십시오!"

보안서장은 두 손으로 신분증을 바치면서 허리를 굽혔다.

평성에서 평양으로 뻗어 있는 고속도로 위를 벤츠가 질주하고 있는데 양 방향에 차라고는 벤츠 한 대뿐이다.

"오늘은 평양에서 묵고 내일 떠납시다."

조수석의 선우가 뒷자리를 돌아보면서 말하자 민성환이 펄쩍 뛰며 손사래를 쳤다.

"주, 주군, 말씀 낮추시기요."

신강가의 재신은 팔대호신가의 어느 누구에게도 하대를 하는 것이 법칙으로 정해져 있다.

그렇기 때문에 지금 선우와 민성환은 둘 다 법칙을 어기고 있는 것이다.

"그러겠네."

선우는 이번에는 조찬숙에게 물었다.

"이모님은 어떻게 하시겠습니까?"

민성환을 따라서 북한을 떠날 것인가, 아니면 남을 것인가를 묻는 것이다.

"저는 무조건 형부 따라갑다."

"알겠습니다."

선우는 민성환과 조찬숙이 지난 8년 동안 부부 행세를 하면서 살아왔는지, 아니면 진짜 부부인지 물어보지 않았다. 그다지 궁금하지도 않고 두 사람을 존중하기 때문이다.

선우는 휴대폰을 꺼냈다.

"민 가주, 혜주와 통화할 텐가?"

민성환이 반색했다.

"연결해 주십시오!"

선우가 번호를 누르자마자 혜주가 받았다.

―삼촌, 어떻게 됐어?

"지금 아버지하고 같이 있다."

혜주가 울먹거렸다.

―아버지 바꿔줘!

선우는 휴대폰을 민성환에게 내밀었다.

휴대폰을 처음 보는 민성환이 어떻게 하는지 모르고 머뭇거리는 걸 보고 선우가 일러주었다.

"그냥 귀에 대고 말하면 되네."

―아버지! 아버지! 듣고 있어요?

민성환이 휴대폰을 귀에 대기도 전에 혜주가 귀가 따가울 정도로 소리를 질렀다.

"너 혜주니?"

―아버지! 그래, 나 혜주예요! 아버지 살아 계셨구나!

휴대폰에서 혜주의 울음 섞인 고함 소리가 쨍쨍 흘러나왔다.

"기래, 혜주야. 아바지 죽지 않고 살아 있었다이. 혜주야, 여기 혜령이도 있어 야."

—알아요! 혜령 언니하고 통화했어요! 아버지! 아버지!

"기래, 말하라우."

—내가 내일 아버지 모시러 갈 테니까 그때까지 무탈하게 잘 계세요!

"혜주 니가 어드러케 온다는 거이니?"

—주군께서 말씀해 주실 거예요! 아버지, 보고 싶어요!

"기래, 나도 보고 싶구나. 허웅……."

민성환의 눈에서 수도꼭지를 틀어놓은 것처럼 눈물이 줄줄 흘러서 밭고랑 같은 주름진 뺨을 타고 흘렀다. 통화 내용을 들은 조찬숙도 하염없이 울어댔다.

"혜주야, 너 어마이는 잘 있니야?"

—어마이 돌아가셨어요! 벌써 20년이 됐어요! 북한에서 돈 찾으려고 암살단을 보내서 아파트에서 우리 엄마를 총으로 쏴서 죽였어요!

"……."

민성환은 가슴이 무너져서 할 말을 잃었다. 혜주 엄마 한유선이 북한에서 보낸 암살단에 죽었다면 민성환이 빼돌린 돈을 찾으려고 그랬을 것이다.

민성환은 자기 때문에 혜주 엄마가 죽었다고 생각했다.

"혜주야, 아바지 때문에 니 어마이가 죽었구나. 미안하다, 미안해."

—아버지, 그런 말씀 하지 마시고 내일 만나요!

부녀는 휴대폰을 붙잡고 서럽게 오열했다.

선우와 혜령은 민성환, 조찬숙과 함께 평양 고려호텔에서 하룻밤을 보내고 다음 날 길을 나섰다.

평양에서 서해안 남포까지 이어진 청년영웅도로를 타고 가다가 중간에서 온천읍 방향으로 빠졌다.

이번 길에 권보영이 따라오고 싶다는 것을 선우가 제지했다.

딱히 별다른 이유는 없었다. 권보영은 평양에서의 할 일 때문에 바쁘고 또 이것은 선우 가문의 일이기 때문에 권보영을 배제하고 싶었던 것이다.

선우가 오늘 아침에 일어나 다시 한번 정수체를 주입한 덕분에 민성환은 어제보다 더 좋아진 상태였다.

선우가 휴대폰을 꺼내면서 민성환에게 말했다.

"혜주가 다 알아서 할 거니까 민 가주 자넨 한국에 가서 요양 잘하게."

"제가 워낙이 중병이라서 오래 살지 못함다, 주군."

선우가 웃으며 말했다.

"자네, 장난하나?"

"제가 어찌 주군께 장난을 하갔슴까?"

선우는 휴대폰의 혜주 단축 번호를 눌렀다.

"대한민국에서 결핵은 병도 아닐세. 약 잘 먹고 좋은 음식 먹으면서 푹 쉬면 나을 거야."

민성환이 눈을 크게 떴다.

"기거이 정말임까?"

"신강가에서 병원을 운영하니까 거기 입원하면 좋은 치료를 받을 수 있을 거야."

"감사함다, 주군!"

민성환은 자신이 죽을병에 걸렸다고 생각했는데 선우의 말을 듣고 희망이 생겼다. 그는 주군 선우의 말이라면 팥으로 메주를 쑨다고 해도 믿는다.

휴대폰에 혜주가 나왔다.

"어, 혜주야. 어디니?"

—여기 북한 서해 앞바다야.

"우린 온천읍을 막 지났다."

—삼촌, 바닷가 마을 귀성리라는 곳까지 와서 갯벌 입구에서 김만택을 찾아. 그 사람이 거기 작업 책임자인데 나 있는 곳으로 데려다줄 거야.

"알았어. 그 사람한테 아버지하고 이모 보낼게."

혜주는 발끈했다.

—무슨 소리야? 삼촌은 안 올 거야?

"내가 왜 가니?"

선우는 휴대폰에서 흘러나오는 혜주의 목소리를 차 안의 모두 듣고 있다는 사실을 깜빡했다.

—당신 죽고 싶어? 정말 안 올 거야?

민성환이 깜짝 놀랐다.

"아, 앙이 혜주 저 아이가 주군께……."

선우는 민성환의 말을 듣고서야 혜주의 목소리가 다른 사람들에게도 들린다는 사실을 깨달았다.

"혜주야."

—하여튼 당신 안 오면 나한테 죽을 줄 알아. 내가 보고 싶어서 눈알이 빠지든 말든 관심 없다 이거지? 흥!

이건 누가 들어도 주군과 수하가 아니라 연인이나 부부의 대화가 분명했다.

"혜주야, 너……."

선우는 뭐라고 대거리를 할 말이 없어서 혜주의 이름만 불렀고, 그녀는 선우의 말을 톡톡 잘랐다.

"끊는다."

곤란해진 선우가 통화를 끝내려고 하자 혜주가 다급해져 말했다.

—여보! 끊지 마! 사랑해! 꼭 와야 돼! 알았지?

"알았으니까 끊자. 응?"

—응? 아…….

그제야 혜주는 자신의 떠드는 목소리가 차 안의 사람들에게 들릴 거라는 사실에 생각이 미쳤다.

—괜찮아. 우리가 죄졌나?

그러면서 혜주는 뽀뽀까지 해주고 통화를 끝냈다.

차 안의 분위기가 싸해서 선우는 괜히 땀을 닦았다.

"하하하! 혜주가 이렇다네."

선우 일행이 귀성리에 진입했다가 갯벌을 향해 마을을 빠져나가려고 할 때 누군가 차를 세웠다.

"저는 김만택이라고 합네다. 기다리고 있었습네다."

아까 혜주가 귀성리 갯벌에 가면 만나라고 한 김만택이 기다리고 있었다.

"저를 따라오십시오."

그가 말하고 돌아서자 옆에서 대기하고 있던 차가 다가와 김만택을 태우고 앞장섰다.

그런데 김만택이 탄 차가 독일제 아우디 A4다. 비록 구형이기는 하지만 이런 시골구석에서는 볼 수 없는 차다.

정필의 부하 중에 중국 위해시에서 수산업을 하고 있는 꽁타첸이라는 중국인이 있다.

꽁타첸은 예전에 2톤짜리 어선 한 척을 갖고 근해에서 잡어 나부랭이나 잡던 어부였으나 정필을 만나는 바람에 인생 역전에 성공했다.

그 당시에 정필은 20~30톤짜리 중형 어선을 여러 척 사서 꽁타첸에게 맡기고 평소에는 그 배들로 고기잡이를 하게 하다가 필요할 때만 탈북자들을 싣고 서해 공해상까지 실어다 주는 일을 시켰다.

이후 내륙에 사는 북한 사람들을 탈북시키기 위한 방편으로 이곳 귀성리 앞쪽 갯벌과 바다 2천 헥타르를 북한 정부와 50년 동안 임차하기로 계약을 맺었다.

현재 꽁타첸은 중국과 북한 사이의 공해상에 5천 톤급 대형 가공선 한 척과 3천 톤급 여객선 한 척을 나란히 정박시켜 놓았다.

5천 톤급 가공선에서는 북한에서 임차한 갯벌과 바다에서 수확한 수산물을 완전 가공, 포장까지 해서 중국 전역으로 운송하여 판매하고 있었다.

그리고 3천 톤급 여객선은 가공선에서 일하는 사람들과 근처 바다에서 조업하는 수십 척의 북한, 중국 어선들의 어부들이 휴식을 취하고 잠을 자는 곳이다.

가공선과 여객선에서 일하는 종업원들과 2천 헥타르의 갯벌, 그리고 근해에서 고기잡이를 하는 어선의 어부들까지 전체 인원은 무려 만여 명에 달하는 엄청난 수다.

그렇기 때문에 중국과 북한 정부는 꽁따첸의 헤이텐(黑天)수산을 함부로 대하지 못하고 감히 건드리지 못한다.

중국인과 북한 주민을 일만 명이나 고용하고 있으며, 거기에서 양 국가로 엄청난 거액이 흘러들어 수십만 명을 먹여 살리고 있기 때문이다.

중국은 물론이지만 북한에서 헤이텐수산에 기대어 먹고사는 보위부나 보안원이 수백 명에 달하고, 헤이텐수산에서 정기적으로 북한 온천읍 인근의 군부대까지 쌀과 부식 등 물자를 제공하기 때문에 만약 헤이텐수산이 문을 닫는다면 중국보다는 북한 서해안 중부지방이 완전히 와해되고 말 것이다.

*　　　*　　　*

때마침 썰물이라서 끝이 보이지 않을 정도로 드넓은 갯벌이 드러났으며, 거기에서 북한 주민 수천 명이 작업을 하고 있는 광경이 그야말로 장관을 이루고 있었다.

선우 일행은 부두에서 북한과 헤이텐수산의 가공선과 여객선 사이를 수시로 왕래하는 쾌속선에 탑승했다.

부두 검문소에 이 지역 보위요원과 보안원 10여 명이 근무하고 있지만 작업 책임자인 김만택과 동행한 선우 일행에게는 정중하게 모자를 벗고 고개를 숙여 인사까지 했다.

쾌속선이라고 하지만 헤이텐수산에서 제공한 파워 요트에 가까웠다. 중국제이며 한껏 멋을 내고 일제 선외기 모터를 두 개나 달았다.

쾌속선은 힘차게 달려서 부두로부터 47㎞ 해상에 정박해 있는 여객선에 30분 만에 도착했다.

여객선은 중국조선소에서 더 많은 객실로 개조하여 호텔처럼 화려하고 규모가 컸다.

여객선에 사람들이 오르내리기 편리하도록 승강기를 만들었는데 선우 일행 네 명은 승강기를 타고 여객선에 올랐다.

승강기 문이 열리자 그 앞에 서 있던 세련된 복장의 혜주가 울면서 민성환에게 달려들었다.

"아버지!"

"혜주야!"

두 사람은 서로를 부둥켜안고 울음을 터뜨렸다.

"혜주야, 이거이 얼마만이니? 니가 살아 있었구나야."

"아버지… 아버지……."

열네 살 어린 소녀이던 혜주는 혈혈단신 혼자서 20여 년을 살아오다가 마침내 76세의 노쇠한 아버지와 상봉하여 이것이 꿈인 듯싶었다.

선우와 혜령, 조찬숙, 그리고 혜주와 같이 온 몇 사람은 아무도 혜주와 민성환의 해후를 방해하지 않고 지켜보면서 누구는 눈물을 짓고 또 누구는 흐뭇한 미소를 지었다.

한참을 울고 난 민성환이 헐떡이면서 혜령을 찾았다.

"혜령이도 왔다이. 혜령이 어디 있니야? 혜령아!"

혜령이 두 사람 가까이 다가갔다.

혜주는 자신과 꼭 빼닮은 혜령을 보면서 그녀가 언니라는 것을 한눈에 알아보고 다시 눈물을 왈칵 쏟았다.

"언니……."

"혜주야."

민성환의 두 딸은 34년과 36년 만에 서로를 처음 보면서도 전혀 어색함 없이 힘껏 부둥켜안았다.

혜주는 부모도 없는 언니 혜령이 아버지까지 반역자로 낙인찍혀 정치범수용소로 끌려간 극한 상황에서 얼마나 기구하게 살아왔을지 짐작할 수 있어 그녀를 안고 안쓰럽고도 서러운 눈물을 하염없이 흘렸다.

눈물의 감격적인 상봉을 마친 선우 일행은 여객선의 특등실로 자리를 옮겼다.

특등실 거실의 둥근 소파에 선우 일행과 혜주, 헤이텐수산 사장인 꽁타첸, 그리고 일전에 선우를 도우러 서울에 왔던 고재영과 유승희가 빙 둘러앉았다.

선우 맞은편에 앉은 꽁타첸이 제법 유창한 한국어로 정중하게 말했다.

“배는 내일 새벽 다섯 시에 이곳에서 출발하여 중국 영토를 따라 줄곧 남하하다가 오후 세 시경에 동쪽으로 방향을 전환하여 대한민국을 향해 항해하고, 밤 아홉 시경에 공해상에서 기다리고 있을 대한민국 해양경비정과 접선하여 승객을 인도한다는 계획입니다.”

승객이란 민성환과 조찬숙을 가리킨다.

꽁타첸은 원래 한국어를 한마디도 못했지만 20년 동안 정필의 부하로 살아오면서 탈북을 돕다 보니 필요에 의해 배우게 되었다.

민성환이 궁금한 듯 물었다.

“해양경비정이 뭐이오?”

그 질문에 혜주가 설명했다.

“대한민국 해양경찰 군함이에요. 해양경찰은 바다를 지키는 경찰보안대라고 보면 돼요.”

“아…….”

꽁타첸이 다시 브리핑을 했다.

“해양경비정에는 우리 쪽 사람이 타고 있으니까 안심하십시오. 승객은 대한민국 군산항에 도착하는 즉시 우리 쪽에 인도 될 것입니다."

민성환이 눈을 껌뻑이면서 물었다.

"안기부에 가지 않는 거이오? 탈북자들은 일단 안기부에서 조사를 받는 거로 알고 있는데……."

안기부가 국정원으로 바뀐 것을 민성환은 모르고 있다.

"안기부에 가지 않고 곧장 병원에 입원하셔서 결핵을 치료받게 될 겁니다."

"어째 그렇소?"

혜주가 민성환을 다독거렸다.

"다 손을 써놨어요."

민성환이 고개를 갸우뚱했다.

"남조선은 법치국가인데 그런 편법이 가능한 거이니?"

혜주가 옆에 앉은 선우를 가리켰다.

"아버지, 이분이 누구라는 걸 잊었어요?"

"아……."

민성환은 선우를 보고는 완전히 이해했다는 표정으로 고개를 끄떡였다.

그는 신강가 재신의 위대함을 하나씩 알아가고 있는 중이었다.

선우 일행은 점심 식사를 하러 식당으로 자리를 옮겼다.

혜주 양쪽에는 민성환과 조찬숙, 혜령이 앉았고, 맞은편에는 선우와 고재영, 유승희가 앉았다.

혜주는 민성환과 혜령에게 이것저것 맛있는 요리를 챙기면서도 틈만 나면 선우에게 사랑스러운 눈빛을 보냈다.

내일 새벽 다섯 시까지는 시간 여유가 있기 때문에 일행은 느긋하게 대화를 나누면서 식사를 했다.

일행은 북한의 정세에 대해서는 언급하지 않고 그저 사적인 대화만 나누었다.

선우는 짚고 넘어가야 할 얘기가 있어 민성환을 보면서 얘기를 꺼냈다.

"민 가주, 할 말이 있네."

식사를 마친 민성환이 두 손을 공손히 무릎에 모았다.

"말씀하시기요."

선우는 혜주를 바라보았다.

"혜주가 내 아이를 가졌네."

"……."

민성환은 처음에는 무슨 말인지 얼른 이해하지 못하는 표정을 지었다.

혜주가 선우의 아이를 임신했다는 사실은 이곳에 있는 사람 중에서 선우와 혜주만 알고 있다.

혜주는 부끄러우면서도 선우가 자신의 입으로 먼저 그 얘기를 꺼냈다는 사실 때문에 매우 기분이 좋아졌다.

민성환은 물론이고 혜령과 조찬숙 모두 눈을 커다랗게 뜨고 놀라서 혜주를 쳐다보았다.

"혜주야, 너… 어드러케 된 일이니?"

민성환은 물론이고 모두들 스물네 살의 선우와 서른세 살의 혜주가 어떻게 그럴 수가 있는 것인지 의아하게 여겼다.

선우는 어제 평양 고려호텔에서 깨끗하게 세수를 하여 본 모습을 되찾아 민성환과 조찬숙을 크게 놀라게 했다.

하지만 지금은 40대 중반의 모습으로 다시 변장했다.

"아버지, 팔대호신가의 직계 혈통 여자들이 재신의 혈통을 잇는 전통을 알고 계시죠?"

민성환은 윗대로부터 전해 들은 신강가와 팔대호신가의 율법을 되새기다가 크게 고개를 끄떡였다.

"기, 기럼 혜주 니가 미가녀로서 주군의 총애를 받은 거이로구나?"

"그래요, 아버지."

"아, 기게 기랬구만."

민성환은 그제야 혜주가 선우의 아이를 임신한 것과 아까 차 안에서 전화 통화를 할 때 선우에게 앙탈을 부린 일을 이해하게 되었다.

민성환은 두 손을 맞잡고 이마가 테이블에 닿을 정도로 선우에게 고개를 숙였다.

"주군께서 혜주에게 은혜를 베풀어주셨으니 실로 광영이 아닐 수 없습니다."

선우는 어색하게 미소 지으며 손을 저었다.

"그러지 말게."

고재영과 유승희는 신강가라든가 팔대호신가 같은 말을 생전 처음 들어보기 때문에 이들이 하는 대화를 하나도 알아듣지 못했다.

더구나 고령의 민성환이 젊은 선우에게 '주군'이라고 호칭하면서 더없이 깍듯한 것을 보고는 많이 혼란스러워했다.

민성환은 감격한 듯 눈물을 글썽이기까지 했다.

"솔직하게 말씀드리면 저는 딸만 둘 있는 데다 과년한 터라 서리 민영가의 대가 여기에서 끊어질 거라고 걱정했습니다. 기런데 주군께서 은혜를 베푸셨으니 저는 이제 당장 죽는다고 해도 여한이 없습니다. 참말로 감사합다."

혜령이 서른여섯 살로 미혼이고 혜주는 서른네 살로 미혼이라는 말을 듣고서 민성환은 아무에게도 말을 하지 못하고 속으로만 가슴이 착잡했다.

원래는 아들이 팔대호신가의 대를 이어야 하지만 딸뿐이면 딸이 대를 잇는 것이 전통이다.

그것으로 인한 불이익은 없으나 팔대호신가의 가주가 대다

수 남자이기 때문에 여가주로서는 아무래도 입지나 영향력이 밀릴 수도 있었다.

문득 혜령은 민성환이 자신을 쳐다보는 것을 느끼고 얼른 고개를 숙이며 딴청을 피웠다.

민성환은 혜주보다 두 살 많은 혜령이 홀몸이라서 걱정이 되기 때문인데 혜령은 그런 아버지의 마음을 알아차렸다.

그리고 기어코 민성환은 혜령을 화제로 꺼냈다.

"주군, 우리 혜령이도 미가녀가 될 수 있슴까? 민영가의 장녀가 아임까?"

"그야……."

선우는 민성환의 의도를 알아차렸다.

"자네하고 혜령의 뜻에 달렸지."

팔대호신가의 직계 혈통으로서 임신이 가능한 가임기의 여자라면 누구라도 미가녀가 될 수 있었다.

"아바지, 이자 고만하시기요."

혜령은 부끄러워서 고개를 들지 못하고 점점 더 숙여 이마가 테이블에 닿을 정도이다.

늙으면 창피함을 모르는 것인지, 아니면 욕심이 많아지는 것인지 혜령은 아버지가 원망스럽기 짝이 없었다.

그렇지만 딸, 그것도 민영가의 장녀인 혜령에 대한 민성환의 각별한 애정은 집요함으로 이어졌다.

"저는 혜령이가 미가녀가 되기를 간절하게 바람다. 혜령아, 너래 생각이 어떤가이?"

"……."

"혜령아, 아바지 말이 듣기지 앙이 하니?"

혜령은 도저히 견딜 수가 없어서 벌떡 일어나 뒤도 돌아보지 않고 밖으로 나가 버렸다.

고재영과 유승희는 정필의 명령으로 선우의 일을 도와주러 왔다고 했다.

그렇지만 선우는 정필에게 직접 전화해서 그럴 필요 없다고 정중하게 사양하고 고재영과 유승희를 돌려보내기로 했다.

그런데 정필이 선우에게 한 가지 당부를 했다.

—선우야, 무슨 일이 있어도 거사를 실행하기 전에 북한의 핵 기지부터 먼저 장악해라.

선우는 갑자기 가슴속에서 쿵, 하는 소리가 나는 것을 들었다.

—내가 보기에 북한은 이미 핵 개발은 물론이고 소형화, 대륙간탄도미사일(ICBM)에도 성공했다. 그러니까 핵 기지를 먼저 장악하는 것이 우선이다. 놈들이 막바지에 몰려서 위기의식을 느끼면 행여 너 죽고 나 죽자는 식으로 나올 수도 있으니까 말이다.

"음, 그렇군요."

—거사 일은 결정했니?

"김정은을 온천특각으로 이동시킨 것을 확인한 후에 실행하기로 했습니다. 아마 오늘 중으로 김정은이 온천특각으로 옮겨질 것 같습니다."

—내가 괜한 노파심으로 하는 말이 아니다. 만에 하나 최중희든지 누구라도 막바지에 몰려서 잘못된 생각으로 핵 공격을 한다면 한반도는 끝장이다. 더구나 미국에 ICBM을 발사할 수도 있다는 말이다. 그러면 이 일은 시작하지 않은 것만 못하게 된다. 내 말 알겠니?

선우는 진심으로 정필에게 고마움을 느꼈다.

"형님이 그런 말씀을 하지 않으셨으면 큰일 날 뻔했습니다. 정말 고맙습니다."

정필과의 전화 통화 후에 선우는 고재영과 유승희를 만나러 가다가 혜주에게 붙잡혔다.

"삼촌, 할 말 있어."

혜주는 선우와 단둘이 할 애기가 있다면서 그를 또 다른 특등실로 데리고 들어가 안에서 문을 잠가 버렸다.

"할 말이 뭔데?"

혜주는 선우를 침실로 밀고 들어가며 그에게 안겨서 몸을 비벼댔다.

"흐으응, 할 말이 뭐가 있겠어?"

침실은 커튼이 쳐져 있어서 어두컴컴했으며 두 개의 침대가 나란히 놓여 있는데 혜주는 선우를 그중 한 침대로 밀어붙여서 쓰러뜨렸다.

"삼촌, 나 하고 싶단 말이야. 으응……."

쓰러진 선우의 몸 위로 혜주가 몸을 겹치면서 키스를 했다.

"음음, 사랑해, 여보. 당신 그리워서 죽는 줄 알았어."

혜주는 미친 듯이 선우의 혀를 빨더니 급하게 그의 상의를 벗기고 아래로 내려가 바지와 팬티를 벗겼다.

"혜주야."

선우는 말하다가 옆 침대에 혜령이 누워 있는 것을 발견하곤 움찔 놀랐다.

원래 혜령은 민성환이 자꾸만 부끄러운 얘기를 해서 도망쳐 나와 이곳 특등실 침대에 누워 이런저런 생각을 하고 있었다.

그런데 방금 전에 느닷없이 선우와 혜주가 특등실로 들이닥치는 바람에 이불을 뒤집어쓰고 숨었는데 두 사람이 기어코 침실까지 밀고 들어오는 바람에 혼비백산해서 어쩔 줄 모르고 있는 중이었다.

이불을 뒤집어쓴 혜령은 선우 쪽을 향해 옆으로 누워서 얼굴만 내놓은 모습이었다.

혜주는 서둘러서 옷을 벗고 선우의 아랫도리를 붙잡고 씨름을 하고 있는 중이다.

선우가 놀라서 몸을 일으키려고 하는데 혜령이 화들짝 놀라며 그러지 말라고 손을 마구 저었다.

혜령은 자기 때문에 혜주가 당황하는 모습을 보고 싶지 않은 것이다.

혜령은 두 손을 얼굴 앞에 모아 비는 시늉을 해 보였다. 그러고는 이불을 뒤집어써 버렸다.

두 사람을 보지 않을 테니까 제발 자신의 존재를 혜주에게 알리지만 말아달라는 무언의 애원이다.

벌거벗은 혜주가 선우의 몸 위로 올라왔다.

*　　　　*　　　　*

혜주는 선우와의 뜨겁고도 격렬한 섹스가 끝나고 특등실을 나갈 때까지도 혜령의 존재를 알지 못했다.

선우는 천천히 씻고 좀 쉬었다가 나가겠다고 말하고 혜주를 먼저 내보냈다.

"여보, 사랑해."

혜주는 선우에게 입맞춤을 하고는 만족감과 행복감이 가득

한 표정으로 엉덩이를 요란하게 흔들면서 방을 나갔다.

선우는 침대에 똑바로 누워서 한숨을 길게 내쉬었다.

"후우……."

그는 조금 전에 혜주하고 섹스를 하고 난 직후의 모습 그대로 누워 있었다.

혜령이 그보다 더한 것을 세 뼘밖에 안 되는 거리에서 다 보고 들었는데 구태여 가려서 뭘 하나 싶었다.

그것도 그렇지만 떡 본 김에 제사 지낸다고 선우는 이참에 혜령에게 짚고 넘어갈 게 있었다.

"혜령아, 일어나라."

"……."

혜령이 이불을 살짝 걷고 선우를 보더니 다시 급하게 이불을 덮었다.

"그럼 그대로 내 말 들어라."

"……."

선우와 혜주가 섹스를 하는 20여 분 동안 혜령은 이불을 뒤집어쓰고 있지만은 않았다.

이불을 쓰고 있어도 두 사람이 격렬하게 섹스를 하면서 몸을 부딪치고 소중한 부위가 마찰을 일으키는 소리까지 생생하게 들리는 판국에 혜주의 숨넘어가는 신음 소리는 천둥소리처럼 크게 들렸다.

그래서 그녀는 이불을 살짝 걷고 몰래 훔쳐보다가 소스라치게 놀라서 황급히 다시 이불을 뒤집어썼지만 오래지 않아서 다시 이불을 걷고 훔쳐봐야만 했다.

그녀의 그러한 행동은 그녀를 탓할 수만은 없는 일이다. 섹스를 훔쳐보고자 하는 것은 인간 본연의 본능이기 때문이다. 밖에 나가지도 못하고 이불 속에 숨어 있는 상황이기에 그것밖에는 할 일이 없는 것이다.

"네 아버지가 너를 미가녀로 등록하면 어차피 너는 한국에 가서 나와 동침을 해야만 한다. 그건 피할 수 없다. 네가 미가녀 되는 것을 거부하기 전에는. 그러기를 원하느냐?"

혜령은 선우가 무슨 말을 하려는지 어렴풋이 짐작하고는 심장이 미친 듯이 뛰기 시작했지만 아무 말도 하지 못했다.

"그리고 네 자궁에 있는 정수체는 나하고 관계를 하면 자연히 녹는다."

혜령은 깜짝 놀라서 자신도 모르게 이불을 살짝 걷고 선우를 바라보았다.

선우는 다른 곳을 보면서 말을 이었다.

"이 말이 끝날 때까지도 네가 일어나지 않는다면 없던 일로 여기고 그냥 나가겠다."

"저를 사랑하십까?"

혜령은 깜짝 놀라서 후다닥 일어나며 자기가 생각해도 어이없는 질문을 했다.

선우는 혜령을 보면서 엷은 미소를 지었다.

"사랑한다."

그가 혜령을 사랑할 리가 없다. 그건 혜령도 알고 있다. 만난 지 얼마나 됐다고 선우가 그녀를 사랑하겠는가. 하지만 이런 상황에서 그렇게 말을 해준 선우가 얼마나 고맙고 또 위로가 되는지 몰랐다.

선의의 거짓말이라도 큰 위로가 되어 섹스를 할 수 있을 것이라는 용기가 생겼기 때문이다.

선우는 어차피 혜령과 동침을 하게 될 건데 빙빙 돌아서 가기보다는 아예 이참에 일을 치르려는 것이다.

선우는 혜령을 보며 부드럽게 말했다.

"옷을 벗고 이리 와라."

"씨, 씻고 오갔습다."

혜령은 조심조심 침대에서 내려와 욕실로 갔다.

선우는 자신이 희대의 카사노바가 된 기분을 떨쳐내지 못하고 한숨을 길게 내쉬었다.

"후우, 다음 생애에는 평범한 사람으로 태어나야겠어."

다음 날 새벽 5시에 민성환과 조찬숙이 탄 배가 출발했다.

이어서 잠시 후에 혜주와 고재영, 유승희, 꽁타첸을 실은 배가 중국 위해시로 출발하는 걸 보고 선우와 혜령은 쾌속선을 타고 다시 귀성리 부두로 돌아왔다.

"국장 동지를 볼 낯이 없습다."

평양으로 돌아오는 길에 운전을 하는 혜령이 착잡한 표정으로 중얼거렸다.

혜령은 자신이 선우와 섹스를 했기 때문에 부인인 권보영에게 미안하다는 것이다.

열일곱 살 어린 나이에 꽃제비가 되어 한겨울 엄동설한에다 죽어가는 혜령을 거두어 지금까지 키워준 사람이 권보영이다.

"그럴 거 없어."

선우가 조용한 목소리로 말했다.

혜령은 운전을 하면서 선우를 바라보았다.

"국장 동지는 저에게 부모 같은 분임다. 기런데 제가 주군하고 기런 짓을 저질렀으니……."

선우는 순박하기만 한 혜령을 조금 놀려주고 싶어졌다.

"그런 짓이 뭔데?"

"고거이… 기리니끼니……."

혜령은 대답을 하지 못하고 얼굴이 빨개져서 쩔쩔맸다.

선우는 자연스럽게 왼손을 뻗어 혜령의 상의 단추를 풀고

브래지어 속으로 손을 넣어 탱탱한 유방을 어루만졌다.

"아아……."

"나하고 그런 짓 한 거 후회하니?"

여러 여자하고 섹스를 많이 하게 된 선우는 이즈음 많이 능글맞아졌다.

"아, 아입다. 아아……."

선우가 유두를 살살 비틀자 혜령은 얼굴을 붉히면서 신음소리를 냈다. 그러면서도 선우의 손을 뿌리치지 않고 저항도 하지 않았다.

놀랍게도 혜령은 숫처녀였다. 서른여섯이 되도록 남자와 한 번도 성관계를 해보지 않은 것이다.

그 바람에 어제 특등실 침대 시트를 온통 시뻘건 피로 범벅을 만들어 버렸다.

또한 혜령의 몸매는 혜주보다 나으면 나았지 절대로 못하지 않았다.

혜주가 백옥 같은 살결에 풍만함과 미끈함의 극치라면 혜령은 훈련과 운동으로 잘 발달된 근육을 지닌 머슬 챔피언의 조각품 같은 몸매의 소유자였다.

그리고 그녀는 혜주와 쌍둥이처럼 닮았으나 성격은 판이하게 달랐다.

혜주가 차가운 도시적인 여자라면 혜령은 순진무구한 시골 소녀 같은 성격이었다.

선우는 혜령의 가슴에서 손을 떼고 단추를 채워주었다.

"권보영은 나를 죽이려고 한국에 잠입했어."

"네에? 그거이 참말임까?"

"그래."

선우는 권보영이 자신을 죽이려다가 실패해서 붙잡혔다는 것, 그리고 이번에 중국을 거쳐서 북한에 잠입하면서 필요에 의해서 부부 행세를 하고 있다는 사실을 차근차근 설명했다.

"아아, 기랬구만요."

혜령은 크게 놀라면서도 다행스러운 표정을 지었다.

"기런데 고거이 어케 가능함까? 국장 동지는 주군을 죽이려고 한 적이 아임까?"

"최면을 걸었지."

"최면이 뭐임까?"

선우는 최면에 대해서 설명해 주었다.

"너한테 걸어볼까?"

"기러면 어케 됨까?"

"내가 시키는 대로 다 하게 되지."

혜령은 차분하게 말했다.

"구태여 길티 앙이 해도 저는 주군께서 시키는 것은 무엇이든지 다 함다."

선우는 문득 혜령이 몹시 사랑스럽다고 느꼈다. 그녀와 섹스를 하기 전에는 그녀를 그냥 부하로만 여겼는데 이제는 사랑을 느끼기 시작했다.

그러고 보면 그는 섹스를 하고 난 이후에 상대를 사랑하게 된 경우가 전부였다.

혜주가 그랬으며 소희, 미아, 샤론, 그리고 혜령까지.

또한 섹스를 하면 할수록 상대를 점점 더 사랑하게 되었다.

아마 혜령하고도 그렇게 될 것이다.

"기러면 여기에서의 일이 다 끝나면 국장 동지는 어드러케 되는 거임까?"

"나하고는 남남이 되겠지."

"기렇구만요."

선우는 혜령의 머리를 쓰다듬었다.

"혜령아."

"네."

"너는 팔대호신가 민영가 사람이라는 사실을 잊지 마라."

"알갔습다."

혜령이 궁금한 얼굴로 물었다.

"그런데 제 정수체는 녹여졌슴까?"

"어디 보자."

선우는 손을 뻗어 혜령의 아랫배에 밀착시키고 자궁의 정수체를 확인해 보았다.

"음, 아직 덜 녹았군."

"기렁슴까?"

사실은 다 녹았지만 선우는 장난을 쳤다.

"한 번 더 하면 다 녹겠어."

혜령은 얼굴이 화끈거려서 아무 말도 못 했다.

"지금 할까?"

"네?"

혜령은 화들짝 놀랐다.

"길가에 차 세워라."

무조건 순종하는 혜령은 얼굴이 빨개져서 길가로 차를 댔다.

"저 안으로 들어가자."

선우는 도로 가장자리의 숲 안쪽을 가리켰다.

혜령은 도로에서 보이지 않는 으슥한 숲 속에 벤츠를 세우고 고개를 푹 숙인 채 가만히 있었다.

선우는 순진하기만 한 혜령을 보고 저절로 웃음이 터지려는 것을 참았다.

"뭐 하고 있어?"

"네? 아, 죄송함다."

혜령은 깜짝 놀라더니 급히 바지를 벗기 시작했다.

혜령의 돌발 행동에 선우는 움찔했다. 방금 그 말은 옷을 벗으라고 채근한 게 아니었다. 선우는 그녀를 만류했다.

"됐다. 그만해라."

"화나셨슴까? 용서하시라요. 얼른 벗갔습다."

"내가 장난한 거야."

그러나 선우의 말을 듣지 못했는지 혜령은 총알 같은 속도로 순식간에 팬티까지 다 벗어버렸다.

"위에도 벗을까요?"

아랫도리를 벌거벗은 혜령은 상의 단추를 풀려고 하면서 선우를 쳐다보았다.

원래 선우는 숲속으로 들어와서 혜령에게 정수체를 어떻게 사용하는지 가르쳐 주려고 했다.

"옷 입어라."

"자, 잘못했습다. 화 푸시라요."

혜령은 자기가 뭘 잘못했는지도 모르고 용서를 빌었다.

선우는 혜령에게는 장난치는 것을 삼가야겠다고 생각했다.

"혜령아, 어서 옷 입어라. 내가 장난한 거라니까?"

"……."

혜령은 정말인지 아닌지 선우의 표정을 살폈다.

선우가 빙그레 웃었다.

"앞으로 너한테는 장난치지 않을게."

"아임다. 장난하셔도 됨다."

혜령은 머뭇거리면서 겨우 말했다.

"저… 주군."

"응?"

"정수체 마저 녹여주시기요."

방금 장난이었다고 말했는데도 혜령은 말귀를 제대로 알아듣지 못했다.

그리고 중요한 것은 갑자기 혜령이 무척 사랑스러워졌다는 사실이다.

두 사람은 차 안에서 한 차례 섹스, 그러니까 카섹스를 나눈 후 차에서 내렸다.

혜령은 옷매무새를 고치면서 선우의 뒤를 따랐다.

그녀는 큰 키에 우람한 체구인 선우의 뒷모습을 정이 가득 담긴 눈빛으로 바라보았다.

그녀는 자신에게 새로운 인생과 세계가 활짝 열린 것을 비로소 실감했다.

선우가 직경 15㎝ 굵기의 나무 앞에 섰다.

"이걸 쳐봐."

혜령이 선우를 바라보았다.

"손으로 말임까?"

지금까지와는 달리 선우를 바라보는 그녀의 눈에 사랑이 철철 넘쳐흘렀다.

"그래. 손에 정수체를 가득 주입한다는 생각을 하면서 쳐."

"알겠습니다."

혜령은 나무 앞에서 태권도 자세를 잡더니 수도(手刀)로 나무의 옆을 힘껏 갈겼다.

팍!

그런데 믿을 수 없게도 나무가 도끼로 찍은 것처럼 단번에 뎅겅 잘렸다.

"아……."

20년 가까이 태권도를 한 혜령이지만 엄청난 위력에 소스라치게 놀랐다.

그녀는 방금 전에 자신의 손이 칼이나 도끼가 된 듯한 착각을 느꼈다.

선우가 빙그레 미소 지었다.

"이 나무가 사람이었다고 생각해 봐."

사람이었다면 목이 잘렸을 것이다.

선우는 주위를 둘러보다가 단단한 바위를 발견하고 그쪽으로 걸어갔다.

"이번에는 이걸 주먹으로 쳐봐."

일반적인 상식으로는 이런 바위를 주먹으로 치면 당연히

주먹이 으깨져 버린다.

그렇지만 선우의 말이라면 무조건 믿고 복종하는 혜령은 바위 앞에서 자세를 잡고 일말의 망설임도 없이 태권도 정권 치기로 힘껏 바위를 가격했다.

쩡!

도저히 주먹이 바위를 때린 소리라고는 믿어지지 않는 음향이 터져 나왔다.

승용차를 세로로 세워놓은 것 같은 크기의 바위는 혜령이 주먹으로 친 부분이 물렁물렁한 찰흙을 주먹으로 쳤을 때처럼 움푹 들어가 주먹 자국이 뚜렷하게 남았다.

물론 혜령은 주먹이 조금도 아프지 않았다.

"야아, 이거이 믿어지지 않습다! 제가 주먹으로 바위를 쳐서리 이렇게 자국을 남기다니……."

혜령은 감탄하면서 말하다가 소스라치게 놀랐다.

쩌어엉!

바위가 갑자기 큰 소리를 내는가 싶더니 주먹 자국이 있는 곳을 중심으로 두 쪽으로 갈라졌기 때문이다.

"아아……!"

혜령이 놀라고 있을 때 쪼개진 바위가 양쪽으로 육중하게 나동그라졌다.

쿠쿵!

혜령은 너무 놀라서 말을 잃은 채 쪼개진 바위와 자신의 손을 번갈아 쳐다보았다.

"주군……."

선우는 빙그레 웃으면서 혜령의 어깨를 두드렸다.

"잘했다. 여기에서 정수체 사용하는 방법을 좀 더 연습하고 가는 게 좋겠다."

혜령은 감격해서 눈물을 글썽거렸다.

"저는……."

뼛속까지 군인인 강철 심장 혜령이지만 선우의 앞에서는 그저 여자일 뿐이었다.

선우는 혜령을 가볍게 포옹하고 등을 쓰다듬었다.

혜령은 그의 품에서 용기를 내어 작게 속삭였다.

"주군, 사랑함다."

제42장
작전명 '한라산'

모든 계획은 완벽하게 세워졌다.

김정은과 부인 리설주를 온천특각으로 안전하게 이송했으며, 심재철이 호위총국 병사들을 지휘하여 지키고 있다.

원래의 계획으로는 이제 거사를 진행하면 되지만 정필이 내준 숙제가 남아 있었다.

북한의 핵 시설과 미사일 기지들을 장악하는 일이다.

"이게 전략군 미사일 사단들의 위치입네다."

고려호텔 선우의 방에 온 차동희가 자신이 구해온 지도를 펼쳐 보였다.

"미사일 기지는 모두 열세 곳입니다."

차동희는 또 한 장의 지도를 펼쳤다.

"이것은 핵 시설 위치입네다. 영변이 가장 큰 중심 시설이고 그다음은 하갑, 박천, 태천, 영저리, 천마산, 풍계리 순서인데, 모두 일곱 군데입네다."

차동희는 선우에게 매우 공손하고 깍듯했다.

"결정을 내리시면 즉각 공격해서리 장악하겠습네다."

소파에는 선우와 권보영, 그리고 맞은편에 차동희가 앉아 있으며 혜령은 선우 옆에 서 있다.

"문제는 없는 것이오?"

"문제가 뭐이가 있겠습네까?"

차동희는 자신만만하게 주먹을 휘둘러 보였다.

"공격해서 장악하면 끝입네다."

선우는 일이 너무 순조롭게 진행되는 것이 마음에 걸렸다. 그리고 북한이 미사일 기지는 몰라도 핵 시설만큼은 허술하게 건설하거나 경비하지 않을 것이라는 생각이 들었다.

서두르다가 낭패를 당하는 것보다는 신중을 기해서 반드시 성공시켜야만 했다.

선우는 차동희와 권보영을 번갈아 보면서 물었다.

"핵 시설의 설계나 건설에 참여한 핵심적인 사람을 만나볼 수 있을까?"

"양정후가 있습다."

권보영과 차동희가 동시에 대답했다.

양정후는 북한에서 핵 개발의 아버지라고 불리는, 영웅 칭호를 받은 인물이다.

"평양과학대학 교수입다. 데려올까요?"

선우는 고개를 끄떡였다.

"다치지 않게 정중히 데려와."

"알갔습다."

권보영이 최창식에게 전화를 하는 동안 선우는 차동희에게 물었다.

"특수전부대는 어찌 됐소?"

전쟁 발발 시 대한민국에 침투하게 될 18만 명의 특수전부대는 최정예로 구성되어 있다.

"명령만 하시면 전략군 군단장과 함께 특수전부대 군단장도 체포할 겁네다. 다 준비되어 있습네다."

"특수전부대를 오늘 중으로 장악해서 핵 시설과 미사일 기지들을 장악하러 그들을 보냅시다."

"오늘입네까?"

차동희의 목소리가 긴장으로 팽팽해졌고, 최창식과 통화를 하는 권보영도 이쪽을 쳐다보았다.

권보영이 굳은 얼굴로 말했다.

"제가 가갔습다."

선우가 고개를 끄떡였다.

"나도 가겠소."

권보영이 환한 미소를 지었다.

"바로 준비하갔습다."

인민무력부 휘하 제1수사국 국장 전병주 대좌가 이끄는 수사국 체포요원 120명이 다섯 대의 트럭에 나누어 탑승하고 평양 개성 간 고속도로에 올랐다.

트럭 선두에는 국장 전병주가 탄 군용 지프가, 그 뒤에는 아우디 SUV 구형 Q7이 따르고 있었다.

Q7에는 혜령이 운전하고 뒷자리에 선우와 권보영이 나란히 앉아 있다.

"특수전부대 군단장은 이재춘이라는 작자인데 중장입다. 성격이 아주 개 같아서리 다들 대면하기를 꺼립다. 그 새끼는 오로지 김정은한테만 고개를 숙입다."

권보영이 특수전부대 군단장 이재춘과 부대에 대해서 설명하고 있는 중이다.

"지금 우리가 가고 있는 사리원 외곽에 특수전부대 군단본부가 있는데 그 안에 다섯 개 사단본부하고 네 개 여단본부가 다 들어 있다는 말입다."

"18만 명이 거기에 다 있는 거야?"

"아임다. 사단본부와 여단본부만 거기에 있고 다섯 개 사단과 세 개 여단 병력은 근방 30㎞ 이내에 분산해서 주둔하고 있슴다. 군단본부에는 한 개 여단 4천 명이 있슴다."

"군단본부에 있는 여단은 경비 병력이겠군."

"그렇슴다. 군단장 이재춘이 특수전부대 전체에서 뛰어난 병사들만 추려서리 군단본부에 모아서 한 개 여단을 만들었는데 이름이……."

권보영이 서류를 뒤적이자 운전하는 혜령이 말했다.

"불가사리여단임다."

"아, 그래. 불가사리여단."

혜령이 알은척을 했다.

"불사사리여단 4천 명이 다른 한 개 보병사단 2만 명을 박살 낸다고 함다."

"기래, 나도 들었어. 여보, 불가사리여단장이 누군지 아시면 놀랄 거임다."

권보영이 선우의 허벅지를 쓰다듬으면서 다정하게 말했다.

"누군데?"

"군단장 이재춘 아들임다. 이석철이라고 하는데, 서른네 살짜리가 벌써 대좌임다. 고거이 아주 미친놈이야요."

"어째서?"

"지 아바이 말고는 눈에 뵈는 게 없다는 말임다. 사단장들도 이석철한테는 설설 긴다는 말임다."

"그래?"

"그 새끼래 성질이 잔인하고 포악해서리 맨손으로 특수부대원 30명을 때려눕힌다는 거 아임까?"

혜령이 살짝 코웃음을 쳤다.

"기래봐야 별수 있갔시오? 때리면 맞아야지요."

권보영은 기분이 좋아서 고개를 크게 끄떡였다.

"고럼, 기렇고말고, 이석철이는 혜령이 니가 맡아라."

"죽여도 됨까?"

"기래. 본보기로 죽이는 것도 괜찮지."

선우의 생각에 이번 특수전부대를 장악하는 일은 쉽지 않을 것 같았다.

군단장 이재춘이 순순히 인민무력부의 제1수사국 말을 들을 것 같지 않았다.

선우의 예상은 적중했다.

선우 일행은 물론이고 인민무력부 제1수사국장 전병주와 그가 이끄는 체포요원 120명이 탄 트럭은 군단본부 입구에 길게 늘어서서 꼼짝도 하지 못했다.

군단본부 입구에는 천 명 이상의 불사가리여단 특수전 병사들이 완전무장한 상태로 대치하고 있어서 일촉즉발의 위기감이 고조되고 있는 상황이다.

군단장 이재춘의 명령이 떨어지기만 하면 불가사리여단 병사 천 명이 군단본부 입구 바깥에 있는 병력을 순식간에 초토화시킬 태세로 기세등등했다.

보다 못한 제1수사국장 전병주가 군용 지프에서 내려 바리케이드가 쳐진 위병소 앞으로 다가가 우뚝 섰다.

“이 새끼들! 너희 이러는 거이 반역이라는 거 모르나? 다들 총살당하고 싶은 거냐?”

그렇지만 바리케이드 너머 병사들은 꿈쩍도 하지 않았다.

전병주는 그들의 지휘관으로 보이는 대대장 중좌를 손으로 가리켰다.

“너 이리 오라우.”

대대장은 요지부동, 턱을 치켜들었다.

“할 말이 있으면 거기서 말하시오.”

“너 이 새끼, 죽고 싶니?”

“말조심하기요.”

“이 종간나 새끼!”

전병주는 허리의 권총을 뽑았다.

그러자 대대장 주위에 있던 병사들이 일제히 전병주에게 소총을 겨누었다.

처처척!

전병주는 화가 머리 꼭대기까지 나서 씨근거렸지만 지금으로선 참을 수밖에 없었다.

그때 권보영과 혜령이 차에서 내려 전병주를 지나쳐 대대장 쪽으로 걸어갔다.

병사들이 당장에라도 발사할 것처럼 소총을 앞으로 찌르듯이 겨누었지만 권보영과 혜령은 눈 하나 깜짝하지 않았다.

그것만 봐도 그녀들이 전병주보다 배포나 담력이 크다는 사실을 한눈에 알 수 있었다.

권보영은 대대장 다섯 걸음 앞에 멈추었다. 한두 걸음 다가가 손을 뻗으면 닿을 수 있는 가까운 거리이다.

대대장은 권보영이 누군지 모르지만 그녀의 당당한 태도와 그녀에게서 풍기는 카리스마에 은연중 압도당했다.

권보영이 대대장을 보면서 조용한 목소리로 말했다.

"너 이름이 뭐이니?"

"알 필요 없소."

옆에 선 혜령이 말했다.

"특수전군단 제2여단 대대장 윤상호입다. 고향은 평남 용강군이고 고향에 부모와 남동생 둘이 사는데 여동생은 평양외국어대학에 다니고 있슴다."

혜령이 뭘 보지도 않고 외우고 있는 것처럼 줄줄 말하자 대대장 윤상호의 안색이 변했다.

권보영이 고개를 끄떡였다.

“부모와 사남매라니 아주 다복한 가족이구만기래?”

윤상호는 자신의 가족에게 불이익이 닥칠 것 같은 불길한 예감을 받았다.

“너래 내가 누군지 아니?”

“모르오.”

“내래 정찰총국 권보영이야. 이름은 들어봤니?”

권보영이 자기소개를 하자 윤상호를 비롯한 병사들의 표정이 확 변했다.

조선인민군치고 정찰총국의 붉은 마녀 권보영을 모르는 사람이 없기 때문이다.

만약 대대장 윤상호가 권보영에게 잘못 보이면 그의 가족이 깡그리 총살을 당하거나 정치범수용소에 끌려가는 것은 일도 아니었다.

기선을 제압한 권보영이 타이르듯이 말했다.

“너 이제부터 내가 하는 말 똑바로 잘 듣고서리 이재춘이한테 전하라우.”

“말씀해 보기요.”

윤상호는 기가 한풀 꺾였다.

“여기에 있는 우리 둘하고 저 뒤에 수사국장, 그리고 차에 계시는 정치지도원 동지, 이렇게 넷만 들어가서 이재춘이하고 얘기를 좀 할 거이야. 대화를 해서리 문제를 풀 수 있으면 다행이고 그렇지 앙이해도 우린 그대로 물러갈 거이야. 내 말 알아듣간?"

"알아듣슴다."

군단장 이재춘을 마치 아들 이름 부르듯 하는 권보영에게 윤상호는 더욱 기가 죽었다.

"알아들었으면 이재춘이한테 연락하라우. 내래 여기서 기다리고 있갔어."

권보영이 우뚝 선 채 주머니에서 담배를 꺼내 입에 물자 혜령이 라이터 불을 붙여주었다.

윤상호의 표정이 잠시 복잡하게 변하더니 이윽고 자리를 떴다. 이재춘에게 무전이나 전화를 할 모양이다.

권보영은 자신은 결과에 연연하지 않는다는 듯 태연하게 담배를 피웠다.

그녀 앞에 천여 명의 병사가 소총을 겨누고 있지만 끄떡도 하지 않았다.

그런 광경은 천여 명이 권보영 한 사람에게 압도당하고 있다는 분위기를 강하게 풍겼다.

사실 선우를 비롯한 네 명이 이재춘을 만나려고 하는 것은 선우의 의견이었다.

이렇게 밖에서 팽팽하게 대치하고 있는 것보다 선우로선 이재춘을 직접 대면하면 일이 쉽게 풀릴 것이라 생각한 것이다. 선우가 이재춘에게 최면을 걸면 간단하기 때문이다.

잠시 후에 대대장 윤상호가 돌아왔다.

"네 명만이라면 군단장님께서 만나시겠답네다."

그의 말이 끝나는 것과 동시에 아우디 Q7 문이 열리더니 선우가 내렸다. 차 안에 있으면서도 대화를 다 듣고 있었다는 뜻이다.

권보영과 혜령은 걸어오는 선우에게 정중한 자세를 취했다.

정찰총국 35국장이 깍듯하게 예의를 지킬 정도의 정치지도원이라면 인민무력부 최고정치지도원이나 총참모부의 정치지도원을 뜻한다.

깨끗한 인민복에 짙은 선글라스를 쓴 40대 중반의 선우는 걸음을 멈추지 않고 권보영과 혜령 옆을 지나쳐 곧장 바리케이드로 성큼성큼 걸어갔다.

혜령이 수사국장 전병주를 꾸짖었다.

"뭐 하고 있소? 날래 가기요."

선우가 선두로 걸어가자 바리케이드가 올라가고 인의 장벽을 치고 있던 병사들이 바다가 갈라지듯이 양쪽으로 쫙 갈라지며 길을 텄다.

한 명의 여장교가 앞에서 또각또각 걸으면서 선우 일행을 안내하고 100명 정도의 무장 병사들이 좌우와 후미에서 포위한 형태로 이동했다.

선우는 무장 병사 100여 명이 밀착해서 위협하고 있는 것을 보고 외려 마음이 놓였다.

군단장이 배포가 크고 대단한 인물이라면 이런 식으로 하지 않는다.

선우 일행이 어차피 부대 안으로 들어왔기 때문에 그물 안에 든 물고기라는 생각으로 좀 더 아량을 베풀어야 그럴싸한 인물이라고 할 수 있다. 소심한 인간이라면 다루기가 더 쉬운 법이다.

거기에 비해서 권보영은 큰 인물이다. 그녀는 자잘한 것은 그냥 넘어간다. 굵직한 본론에서 결판을 내기 때문이다.

중위 계급의 여장교는 앞서 걸으며 자꾸 선우를 힐끔거리면서 돌아보았다.

선우가 정찰총국 35국 국장 붉은 마녀가 공손히 대할 정도의 최고위정치지도원이기 때문이다.

선우는 권보영에게 귓속말로 여장교를 부르라고 했다.

군단본부 건물을 200m쯤 남겨두고 권보영이 여장교를 불러 세웠다.

여장교는 바짝 긴장한 표정으로 선우와 권보영, 혜령 앞으로 다가와서 섰다.

"무슨 용무입네까?"

선우는 여장교가 자신을 쳐다볼 때 재빨리 최면을 걸었다.

여장교의 눈빛이 흐려지더니 곧 온순한 표정으로 변했다.

그런 사실은 선우 외에는 아무도 모른다.

선우는 다시 걷기 시작했다.

"걸으면서 얘기하자."

선우는 군단장실까지 가는 5분 동안 필요한 사항을 여장교에게 모두 알아냈다.

선우는 혜령에게 고개를 끄떡여 보였다.

"혜령아, 어떻게 해야 하는지 알겠지?"

혜령은 고개를 끄떡이고는 부대 입구에 있는 수사국장 전병주에게 휴대폰으로 전화를 걸었다.

"내 말 잘 듣고 그대로 실행하기요."

*　　　*　　　*

여장교 이미향은 군단장 이재춘의 부관 중 한 명이며 동시에 애첩이기도 한 신분이다.

이재춘은 관사에 부인과 딸 등 가족이 살고 있지만 부대 내에서는 부관 이미향과 재미를 보고 있는 관계였다.

선우가 이곳에 오길 잘했다. 차동희나 권보영에게 맡겼다면 싸움, 아니, 전쟁이 벌어졌을 것이다.

군단장 이재춘은 군단장실에서 꼼짝도 하지 않고 밖으로 나와서 영접하지도 않았다.

권보영의 계급은 대장이고 선우의 급조된 신분인 총참모부나 인민무력부 최고위정치지도원이면 대장과 동급이며 파워는 그보다 훨씬 막강했다.

그런데도 일개 군단장인 중장이 영접을 하지 않는다는 것은 엄연한 불경이고 구속감이다.

군단본부 안으로 들어서자 대기하고 있던 십여 명의 병사가 선우 일행에게 소총을 겨누었고, 그중 장교 한 명이 딱딱한 어조로 말했다.

"무기를 모두 내놓으십시오."

권보영과 혜령은 굳은 얼굴로, 전병주는 투덜거리면서 권총을 내놓았다.

장교가 손짓하자 병사 몇 명이 나와서 전병주와 권보영, 혜령, 선우까지 몸수색을 하려고 했다.

그때 혜령이 자신을 수색하려고 두 손을 뻗어 더듬으려는 병사의 정강이를 냅다 걷어찼다.

"이 새끼가 어딜 감히!"

딱!

"으악!"

정강이를 맞은 병사가 비명을 지르면서 주저앉자 병사들이 일제히 소총을 겨누었다.

그러나 혜령은 눈도 깜짝하지 않고 냉랭하게 말했다.

"이 새끼들아! 여자를 몸수색하려면 여군이 해야 한다는 거이 상식 앙이야?"

혜령이 옳은 말을 했기에 장교와 병사들이 뜨악한 얼굴로 머뭇거렸다.

장교가 주위를 둘러보더니 이미향에게 몸수색을 해달라고 부탁했다.

이미향이 권보영과 혜령의 몸을 수색하고 물러나서 아무 무기도 없다는 몸짓을 해 보였다.

하지만 권보영과 혜령은 안주머니와 종아리에 각각 두 자루의 소형권총을 차고 있었다. 이미향이 알고도 모른 체 넘어가 준 것이다.

그렇지만 권보영과 혜령은 이미향이 그것을 미처 알아채지 못한 것이라고 여겼다.

선우 일행이 들어서자 부관실의 장교들은 책상 앞에 꼿꼿하게 앉아서 쳐다볼 뿐 일어서지 않았다. 일어나서 경례를 하지 말라고 명령을 받은 모양이다.

선우가 이미향에게 속삭였다.

"아무도 들어오지 못하게 해라."

이미향은 순종적인 표정으로 미미하게 고개를 끄떡였다.

부관실을 통과하여 이미향이 군단장실 문을 열어주고 옆으로 비켜섰다.

척!

혜령이 앞서고 권보영과 전병주, 선우의 순서로 군단장실 안으로 들어가자 이미향이 밖에서 문을 닫았다.

군단장실은 꽤 넓었는데 입구 정면 커다란 책상에 이재춘으로 보이는 50대 후반의 군복을 입은 장성이 느긋한 자세로 앉아서 선우 일행을 응시하고 있었다.

그리고 이재춘의 좌우에 장교 네 명이, 그리고 실내 벽을 등지고 10여 명의 병사가 소총을 겨누고 있었다.

선우 일행은 몸수색을 해서 무기를 지니고 있지 않으니 군단장실에 있는 장교와 병사 16명으로 충분히 감당할 수 있다고 판단한 모양이다.

권보영과 혜령이 이재춘이 앉아 있는 책상 앞에 나란히 서고 그 뒤에 선우와 전병주가 섰다.

권보영은 거만한 자세로 책상에 앉아 있는 이재춘을 턱으로 가리켰다.

"니가 이재춘이네?"

평소 같으면 저자세로 공손히 대답해야 마땅한 이재춘이지만 지금은 움직이지 않고 가볍게 고개만 끄떡였다.

"그렇소."

권보영은 그런 것에 개의치 않고 용건을 말했다.

"인민무력부 제1수사국장 전병주가 인민무력부 차동희 부장 동지의 명령으로 이재춘 너를 체포하러 왔다는 말이다."

깡마른 체구에 키가 크고 눈빛이 시퍼렇게 번뜩이는 이재춘이 눈도 깜빡이지 않고 권보영을 주시하며 말했다.

"나를 체포하려면 국방위원회나 총참모장의 명령서가 있어야 하는 거이 앙이오? 그리고 나는 위로부터 아무런 지시도 받지 못했소."

권보영은 어깨를 펴고 당당하게 말했다.

"너 김정은 위원장 동지께서 어케 됐는지 알간?"

"위원장 동지께선 잘 계시지 않소?"

"위원장 동지는 발써 오래전에 납치돼서리 묘향산 특각에서 반년 동안이나 감금 생활을 하셨다는 말이다."

그런 사실을 전혀 몰랐는지 이재춘을 비롯한 좌우 네 명의 장교들 표정이 홱 변했다.

"위원장 동지 납치와 감금을 주도한 자들이 최중희 국방위부위원장하고 이영국 총참모장 극렬 반동 새끼들이라는 말이다. 내 말 알아듣간?"

이재춘은 단호하게 말했다.

"나는 믿지 못하갔소!"

"믿고 안 믿고는 니 자유야. 너래 이영국한테 줄 대고 있어서리 그러는 거이지? 기래봐야 이영국이하고 최중희를 비롯한 일당 모조리 체포되고 나면 너래 어케 될 것 같니?"

"……."

권보영은 팔짱을 꼈다.

"내래 너한테 두 가지 선택의 기회를 주갔어. 첫째는 순순히 이쪽 편이 되는 것이고, 두 번째는 여기서 버티다가 나중에 개밥의 도토리 신세가 되는 기야."

이재춘의 눈썹이 찌푸려졌다.

"권보영 동지 편이 된다는 거이 무슨 뜻이오?"

권보영의 말대로 이재춘은 이영국에게 줄을 대고 있었다. 그렇지만 특수전부대 전체와 자신, 그리고 가족을 모두 걸고 도박할 정도는 아니었다.

"위원장 동지 편이 되는 거이야."

"위원장 동지는 묘향산 특각에 감금되셨다고 하지 않았소?"

"우리가 구해서리 다른 곳에 안전하게 모시고 있다."

선우는 일을 쉽게 풀기 위해서 이재춘에게 최면을 걸려고 했지만 그와 시선이 마주치지 못해서 뜻을 이루지 못하고 있는 중이다. 이재춘은 전면의 권보영만 뚫어지게 주시하고 있었다.

"그리고 우리 편이 되면 너를 체포하지 않고 같은 동지로 여기겠다는 말이다."

권보영의 말이 사실이라면 이재춘은 이영국 뒤에 서 있다가 패가망신을 당하고 말 것이다.

"기런데 우리 통신을 누가 먹통으로 만든 거이오?"

청진 출신인 이재춘은 함경도 사투리를 썼다.

"최중희, 이영국을 따르는 것들은 죄다 반역도당이니까 평양에서 아예 원천 봉쇄 한 거이야. 통상적인 관례니끼니 신경 쓸 거이 없다."

권보영은 평양에서 출발하기 전에 특수전부대 통신 라인을 전부 차단시켰다.

또한 평안남도 전 지역이 휴대폰이 터지지 않도록 손을 써서 특수전부대가 이영국이나 다른 곳과 통신하지 못하도록 만들었다.

권보영은 이재춘을 몰아붙였다.

"자, 선택하라우. 우리 편이 될 거이야, 아니면 버티다가 너희 다 함께 공멸할 거이야?"

네 명의 장교는 이재춘을 주시했고, 이재춘은 미간을 잔뜩 좁힌 채 손가락으로 책상을 두드렸다.

이재춘이 손을 뚝 멈추더니 권보영에게 말했다.

"내 요구 두 가지를 들어주면 국장 동지가 제시한 첫 번째 선택에 따르갔소."

"요구가 뭐이야?"

"위원장 동지하고 통화해서리 국장 동지 말이 맞는지 확인하게 해주고, 또 하나는 통신을 풀어주기요."

둘 다 불가능하다. 감금 상태인 김정은하고 통화를 하면 그가 무슨 말을 할지 알 수가 없으며, 통신을 풀어주면 이영국 등과 통화해서 이곳 상황을 알려주고 그에게서 명령을 받을 것이다.

권보영의 얼굴이 차가워졌다.

"그거이 말이 된다고 생각하는 거이니?"

"어째서리 말이 앙이 되오?"

권보영이 고개를 저었다.

"일없다. 그냥 선택하라우."

이재춘은 권보영보다 더 대차게 나갔다.

"기러면 그냥 가시오."

권보영이 눈에 힘을 줬다.

"너 후회하지 않갔니?"

"지금 나가지 앙이 하면 구금하갔소."

그때 이재춘의 오른쪽에 서 있는 대좌 계급의 젊은 장교가 제동을 걸었다.

"군단장 동지, 저놈들을 그냥 보내면 앙이 됩다."

그가 바로 특수전부대 내에서도 최정예인 불가사리여단의 여단장이며 이재춘의 장남인 이석철이다.

이석철은 이재춘의 말은 들어보지도 않고 병사들에게 명령을 내렸다.

"저것들 모두 잡아라!"

사태가 급전개되고 있었다.

이석철이 권총을 뽑으면서 권보영 등에게 소리쳤다.

"모두 무릎 꿇지 않으면 쏘갔어!"

선우가 손을 쓰려고 하는데 그보다 먼저 혜령이 품속에서 권총을 뽑아 이석철을 쐈다.

탕!

"끅!"

이석철의 이마 한가운데를 총알이 관통하며 그의 상체가 뒤로 벌렁 넘어갔다.

예상치 않게 상황이 이런 식으로 급진전돼 버리면 선우로선 어쩔 도리가 없다.

공신기로 모두 처치해야만 한다. 잠깐이라도 늦으면 병사 열두 명의 소총이 일제히 불을 뿜을 것이다.

선우가 두 손을 뻗고 있을 때 혜령과 권보영이 속사권총 선수처럼 우뚝 서서 각자 다른 방향을 향해 번개같이 권총을 쏘아대기 시작했다.

탕! 탕! 탕! 탕!

선우의 눈이 날카롭게 주위를 살펴서 권보영과 혜령이 미처 쏘지 못한 병사들을 향해 공신기를 뿜어냈다.

스퍼퍼퍼퍽!

"으악!"

"크악!"

요란한 총소리와 비명 소리가 실내를 뒤흔들다가 곧이어 매캐한 화약 연기가 실내를 가득 뒤덮었다.

정확하게 장교 네 명과 병사 열두 명이 모조리 즉사했다.

그들은 아직도 쓰러지는 중이고, 놀란 이재춘이 쓰러지는 아들을 보며 뭐라고 외치면서 벌떡 일어서고 있었다.

결과적으로 보면 장교들과 병사들은 단 한 발도 사격하지 못했다.

선우의 예리한 눈으로 봤을 때 권보영과 혜령은 무지막지한 속사지만 짧은 시간에 장교 네 명과 열두 명의 병사를 처치할 수는 없는 상황이었다.

선우는 두 여자가 미처 처치하지 못한 장교 한 명과 병사 네 명을 공신기로 죽였다.

경황 중이지만 그래도 두 여자는 이재춘은 죽이지 않았다.

제1수사국장 전병주는 바닥에 주저앉은 채 당황해서 어쩔 줄을 모르고, 이재춘은 일어나서 두 손으로 책상을 짚고 옆에 쓰러져 있는 아들 이석철을 비통한 표정으로 굽어보았다.

선우가 봤을 때 권보영과 혜령은 정말이지 못 말리는 과격 행동파들이다. 만약 선우가 나머지 다섯 명을 처치하지 않았으면 어쩔 뻔했는가.

또한 여기에서 이렇게 일을 벌이면 불가사리여단 4천 명이 우글거리고 있는 곳을 어떻게 돌파해서 빠져나갈 것인지 계획이 없는 것 같았다.

"너 이 새끼……."

권보영이 살기등등한 얼굴로 권총을 뽑으면서 이재춘에게 다가갔다.

"비켜라."

선우가 짧게 말하면서 앞으로 나서자 권보영이 그를 힐끗 쳐다보더니 즉시 옆으로 비켜섰다. 하지만 이재춘을 겨눈 권총은 치우지 않았다.

선우가 책상 앞에 우뚝 서자 이재춘이 그를 쳐다보았다.

그 순간 선우는 재빨리 이재춘에게 최면을 걸었다.

"너 이 새끼들, 이거이 무슨 짓……."

이재춘은 선우를 쏘아보면서 으르렁거리다가 말끝을 흐리며 최면에 걸렸다.

권보영은 선우의 옆에서 이재춘에게 권총을 겨누고 있으며, 혜령은 입구를 겨누며 경계하고 있었다.

그런데 바닥에 주저앉아 있던 전병주가 비틀거리며 일어나면서 우는소리를 했다.

"어쩌자고 죄다 죽여 버린 겁네까? 이제 우리는 꼼짝없이 죽었습네다!"

권보영이 전병주를 돌아보며 윽박질렀다.

"너도 쏴버리기 전에 아가리 닥치라우!"

전병주는 찔끔해서 아무 말도 하지 못했다.

선우는 자신이 이재춘에게 최면을 건 것을 감추기 위해 약간의 연기를 시작했다.

"이봐, 이재춘. 내 말 들어봐."

권보영과 혜령은 선우처럼 그렇게 유순하게 말해서는 이재춘이 절대로 말을 듣지 않을 거라고 생각했지만 그가 하는 일이라서 잠자코 지켜보았다.

이재춘은 우두커니 선 채 선우를 바라보고 있을 뿐 아무 행동도 취하지 않았다.

"이렇게 계속 반항하다가는 당신 가족은 물론이고 이 부대 전체에서 한 명도 살아남지 못해. 상황 판단을 잘하길 바란다. 내 말 알아듣나?"

"알갔습다."

이재춘이 고분고분하게 대답하자 권보영과 혜령, 전병주가 움찔 놀라는 표정을 지었다.

선우는 조용히 타이르듯 말했다.

"이제부터 내 말에 따를 텐가?"

"그러갔습다."

선우는 고개를 끄떡였다.

"좋아, 우선 사단장과 여단장들을 소집하게."

"알갔습다."

선우는 입구에 있는 혜령에게 지시했다.

"혜령아, 부관 이미향 들어오라고 해라."

권보영과 혜령, 전병주는 이제 자신들의 목숨은 태풍 앞에 등불 신세가 됐다고 생각했는데 상황이 급진전되자 정신을 차리지 못했다.

"혜령아, 내 말 못 들었니?"

"아, 뭐라고 말씀하셨슴까?"

넋을 놓고 있던 혜령이 퍼뜩 정신을 차렸다.

"부관 이미향을 들어오라고 해라."

"아, 알갔습다."

* * *

그때부터 상황은 일사천리로 진행됐다.

이재춘은 사단장, 여단장들을 소집해서 저항하지 말고 수사국의 명령에 따르라고 지시했다.

또한 특수전부대 군단 휘하 전체 병력에게 별도의 명령이 있을 때까지 대기 명령을 내렸다.

선우는 특수전부대 군단본부 내 장교 식당에서 늦은 점심 식사를 겸한 술자리를 마련했다.

이 자리에는 사단장과 여단장, 그리고 대대장들을 전부 모이게 했으며, 선우는 그들을 한 명씩 눈을 맞춰서 최면을 걸 계획이다.

사단장과 여단장, 대대장까지 전부 합쳐서 40여 명이나 되기 때문에 이런 식으로 최면을 거는 게 쉬울 것 같았다.

선우는 자신의 뒤에 서 있는 이미향에게 속삭이듯 물었다.

"다 왔나?"

군단 내부에 대해서 빠삭하게 꿰고 있는 이미향은 길게 붙인 식탁 둘레에 앉은 장성과 장교들을 찬찬히 둘러보고 나서 작게 속삭였다.

"3사단장하고 예하 대대장 여섯 명이 없습다."

"무슨 일인지 알아봐라."

이미향은 즉시 자리를 떴다가 1분도 되기 전에 돌아와서 보고했다.

"3사단장은 자기네 사단으로 돌아갔다고 함다."

"그게 언제지?"

"5분쯤 됐답다."

이미향이 설명했다.

"3사단은 산악사단입다. 기래서 사리원 동쪽 아호비령산 기슭에 있슴다."

선우는 옆에 앉은 권보영과 혜령을 쳐다보았다.

"들었지?"

"3사단장이 뭔가 낌새를 눈치챈 거이 아임까? 이대로 보내면 앙이 됩다. 그놈이 이영국한테 연락을 취하기 전에 무조건 잡든가 죽여야 합다."

선우는 이미향에게 물었다.

"공격 헬기 있나?"

"헬기가 뭐임까?"

권보영이 정정해 주었다.

"공격직승기 말이야."

"군단본부에 직승기대대가 있슴다."

"대대장이 누구지?"

이미향은 손으로 가리키지 않고 입으로 누군가를 지목했다.

"조기 두 번째 줄 왼쪽에서 네 번째 앉은 대대장임다. 이름은 우재일임다."

선우는 망설임 없이 이미향이 알려준 대대장을 불렀다.

"우재일."

"넵!"

공격직승기대대장 우재일이 깜짝 놀라서 벌떡 일어나 선우를 쳐다보았다.

눈이 마주치는 순간 최면을 건 선우가 명령했다.

"제3사단으로 돌아가고 있는 반역자 3사단장 일행을 공격직승기로 전멸시켜라."

다른 사람들은 깜짝 놀라는 데 반해서 우재일은 즉각 경례를 붙였다.

"알갔습네다!"

선우는 혜령에게 지시했다.

"혜령아, 네가 같이 가라."

"네."

짧게 대답하고 일어서는 혜령은 선우와 눈이 마주치자 정이 듬뿍 담긴 눈빛을 보냈다.

아직 최면이 걸리지 않은 대다수의 사단장, 여단장, 대대장들은 놀란 표정으로 선우와 이재춘, 그리고 일어나서 나가는 우재일 대대장 등을 쳐다보느라 어수선했다.

이재춘 군단장이 사단장과 여단장들에게 군단본부에 집합하라고 한 명령을 어긴 것은 명령불복종으로 징계감인 것은 분명한 일이다.

하지만 명령불복종을 한 제3사단장 이하 대대장들을 전멸시키는 것은 상식을 넘어선 가혹한 처사라서 모인 사단장과 여단장, 대대장들은 술렁거렸다.

그때 이재춘이 일어나서 카랑카랑한 목소리로 좌중을 조용하게 만들고 입을 열었다.

"거기 끝에서부터 일어나서 정치지도원 동지에게 인사를 올리라우."

가혹한 처사이거나 말거나 군단장의 명령이 떨어졌으므로 무조건 따라야 한다.

물론 방금 이재춘이 내린 명령은 선우가 그에게 한 명령이었다. 한 명씩 일어나서 관등성명을 대고 인사를 하면 자연히 선우를 쳐다볼 테고, 그때 최면을 걸려는 것이다.

이재춘의 지명을 받은 대대장이 벌떡 일어나서 선우에게 경례를 붙이며 우렁차게 외쳤다.

"제4사단 강습 2대대장 홍지창입니다!"

선우는 홍지창에게 자연스럽게 최면을 걸고 가볍게 고개를 까딱거렸다.

홍지창이 우두커니 서 있는 걸 보고 권보영이 꾸짖었다.

"앉아라. 다음!"

두 번째 제4사단 강습 1대대장이 벌떡 일어섰다.

불과 10분 만에 특수전부대 사단장들을 비롯한 전체 46명의 최면 걸기가 속전속결로 모두 끝났다.

선우의 최면은 회를 거듭할수록 더욱 강력해져서 이제는 슬쩍 눈을 스치기만 해도 재깍 걸려 버린다.

또한 이즈음 선우의 최면은 한 번 걸면 효력이 5일 정도로 대폭 길어졌다.

처음엔 불과 몇 시간 정도였고, 북한에 들어왔을 때만 해도 권보영에게 하루나 이틀에 한 번씩 최면을 걸던 것에 비하면 비약적인 발전이다.

이제 최면의 유효 시간은 5일이니까 무슨 일이 있어도 그 안에 북한 전역에 널려 있는 핵 시설과 미사일 기지들을 완벽하게 장악해야만 한다.

그렇지 않으면 이재춘을 비롯한 47명 전원에게 재차 최면을 걸어야 할 것이다.

그러나 5일 후에 그들을 다 모이게 하는 것은 어렵다. 또한 선우는 평양에 가 있을 것이므로 두 번째 최면을 거는 것은 불가능하다고 봐야 한다.

제3사단장을 제거하러 간 혜령과 공격직승기대대가 군단본부 술자리가 벌어지고 있는 장교 식당으로 귀환했다.

대대장 우재일이 선우에게 경례를 붙이며 보고했다.

"3사단으로 귀대하는 중이던 제3사단장과 대대장들이 탑승한 차량 3대에게 로켓포탄과 기관총을 퍼부어서 모조리 불태워 버렸습네다!"

선우는 가볍게 고개를 끄떡였다.

"수고했다. 이리 와서 내 술 한잔 받아라."

"여, 영광입네다!"

우재일은 두 손으로 공손히 술을 받아 마시고 제자리로 돌아가서 앉았다.

혜령이 선우 옆에 앉으면서 살짝 미소 지었다.

"한 명도 남김없이 다 죽었습다."

선우는 혜령의 어깨를 두드렸다.

"잘했다."

어느 방에 선우와 권보영, 혜령이 소파에 둘러앉아서 대화를 나누고 있다.

"여보, 사단장들한테 어케 한 거임까?"

권보영도 보는 눈이 있다. 처음에는 군단장실에서 이재춘이 느닷없이 선우에게 공손하더니 그다음에는 사단장들과 여단장, 대대장 46명이 줄줄이 선우에게 목숨을 바칠 것처럼 고분고분해졌기 때문에 이상할 수밖에 없었다.

그렇지만 이럴 때 선우가 뭔가 감추는 것처럼 행동하는 것은 바람직하지 않았다. 권보영으로서는 선우를 절대로 의심하지 않기 때문에 솔직하게 말해주는 것이 좋았다.

"응. 최면을 걸었어."

"최면이 뭐임까?"

권보영도 혜령과 똑같은 반응을 보였다. 북한에는 최면 같은 것이 없기 때문이다.

선우는 최면이라는 것에 대해서 자세히 설명해 주었다.

다 듣고 난 권보영이 눈을 크게 뜨며 놀랐다.

"고거이 굉장함다. 어드러케 사람이 사람의 정신을 지배한다는 말임까?"

권보영은 어린아이처럼 신기한 표정을 지었다.

"고럼 당신은 아무한테나 다 쳐다보기만 하면 최면이라는 거이 걸 수 있슴까?"

선우는 엷은 미소를 지었다.

"보통 사람보다 정신력이 매우 강하거나 내가 사랑하는 사람은 최면이 안 걸려."

그 말에 권보영의 호기심이 더 짙어졌다. 특히 선우가 사랑하는 사람에겐 최면이 안 걸린다는 말에 부쩍 호기심이 발동한 것이다. 그녀는 나란히 앉은 선우 쪽으로 돌아앉으면서 눈을 빛냈다.

"고럼 저한테 한번 최면이라는 거이 걸어보시라요."

그녀는 선우의 사랑을 절대적으로 믿기 때문에 은연중에 자신만만한 태도를 보였다.

선우는 짐짓 고개를 갸우뚱했다.

"당신은 안 될 것 같은데?"

권보영은 신이 났다. 그녀는 자신이 보통 사람보다 정신력이 강하고 또 선우가 자신을 사랑하기 때문에 최면이 걸리지 않을 것이라고 믿었다.

사실 이 시점에서 선우가 최면을 시도해서 걸리지 않는 사람은 거의 없다.

인간의 능력을 훨씬 벗어난 매우 초인적인 능력의 소유자라면 모를까 권보영은 아니었다.

혜령은 선우가 권보영에게 최면을 걸지 않을 것을 알기에 미소를 지으면서 지켜보았다.

권보영이 선우를 빤히 바라보면서 재촉했다.

"날래 해보기요. 어째 앙이 함까?"

"했어. 그런데 역시 안 되네."

선우는 어깨를 으쓱해 보였다.

"발써 하셨슴까?"

"그래. 보영인 최면이 안 걸려."

권보영이 의기양양해서 환하게 웃었다.

"하하하! 당신이 저를 마이 사랑하는 모양임다!"

"그런가 봐."

권보영이 혜령을 가리켰다.

"여보, 혜령이 한번 해보기요."

선우는 주위를 환기시켰다.

"지금 이럴 때가 아냐. 작전을 시작해야지."

선우의 양쪽에 앉은 권보영과 혜령은 그를 향해 돌아앉아 긴장한 표정을 지었다.

"나는 이번 작전명을 '한라산'이라고 지었어."

"고거이 산 이름임까?"

한국에 대해서 잘 모르는 혜령이 물었다.

"제주도에 있는 한국을 대표하는 산이야. 북한을 대표하는 산이 백두산인 것처럼."

"아……."

"둘 다 휴대폰 켜봐."

선우의 지시에 권보영과 혜령이 휴대폰을 꺼내서 켰다.

선우는 자신의 휴대폰을 조작해서 스포그에서 자신에게 보내준 자료를 권보영과 혜령의 휴대폰으로 전송했다.

"지금 보낸 건 핵 시설 일곱 군데하고 미사일 기지 열세 곳을 인공위성에서 촬영한 사진이야."

스포그의 인공위성이 북한의 핵 시설과 미사일 기지를 초

정밀 촬영한 것이다.

찍힌 사진에는 병사 한 명이 기지 밖에서 소변을 보는 모습까지도 선명하게 나와 있었다.

"이제 우리는 이걸 토대로 하여 여기 특수전부대를 20개로 편성해서 보내야 돼."

"잠깐 측간에 댕겨오갔습다."

작전 계획이 다 끝나고 기다리고 있는 군단장 이재춘과 사단장 이하 영관급 장교들을 만나러 가기 전에 권보영이 먼저 자리에서 일어났다.

"다녀와."

"저 댕겨오면 같이 가야 하는 거임다."

"알았어."

권보영은 어리광이 늘었는지 그런 약속을 받은 후에야 방을 나갔다.

선우는 휴대폰을 보면서 최종적으로 작전을 점검했다.

그러다가 이상한 기분이 들어 옆으로 고개를 돌리자 옆에 앉은 혜령이 그를 말끄러미 응시하고 있었다.

선우는 빙그레 미소 지으며 손을 뻗어 혜령의 뺨을 부드럽게 쓰다듬었다.

"조금만 참아. 다 끝나고 한국에 가면 혜주하고 아버지, 막

내 이모하고 행복하게 살 수 있어."

혜령은 닫혀 있는 문을 보고는 선우의 어깨에 뺨을 기댔다.

"저는 주군 곁에만 있으면 행복함다."

그녀는 아스라한 눈빛으로 선우를 올려다보았다.

"주군께선 저를 버리지 않이 하실 검까?"

"그래."

"저는 주군보다 열두 살이나 많은데도 괜찮슴까?"

선우는 미소를 지었다.

"혜령이 몸매는 20대야. 팽팽해."

혜령이 수줍은 미소를 지었다.

"기래도……."

"더구나 혜령이 거긴 최고야."

혜령은 '거기'가 무슨 뜻인지 알고 얼굴이 빨개졌다. 그런 말을 들으니 몸이 달아올라 그녀는 살며시 손을 뻗어 선우의 허벅지 안쪽을 더듬었다.

"우리 언젠가 고거이 다시 또 할 수 있갔지요?"

선우로 인해서 여자가 된 혜령은 그와 단둘이 있게 되자 조금 용감해졌다.

하지만 그녀는 젊은 선우가 열두 살이나 많은 자신을 거들떠보지도 않을까 봐 그게 염려가 됐다.

선우는 대답 대신 혜령이 사랑스러워서 고개를 숙이고 부드럽게 입맞춤을 했다.

"아……."

그의 입술이 닿기만 했는데도 혜령은 눈을 감고 긴 속눈썹을 바르르 떨면서 신음 소리를 냈다.

선우는 혜령의 입술을 벌리고 능숙하게 혀를 빨았다.

어제 생전 처음 선우와 키스라는 것을 해본 후 또다시 키스를 하게 된 혜령은 혀를 빨리고는 온몸이 다 녹아버릴 듯한 쾌감과 흥분을 느꼈다.

혜령은 온몸이 다 녹아서 이참에 아예 선우와 한 몸이 돼버렸으면 좋겠다고 생각했다.

선우는 키스를 하면서 혜령의 유방을 어루만지다가 손을 아래로 내려서 바지 속으로 넣었다.

"음… 음……."

어두운 그곳에서 그의 손가락이 춤을 추자 혜령은 허리를 들썩이며 몸을 꼬았다.

바깥에 귀를 기울이고 있던 선우는 어느 순간 혜령에게서 입술과 손을 뗐다.

"보영이 오고 있어."

"아아……."

혜령은 몸을 부르르 떨더니 옷매무새를 고치면서 유혹적인 눈으로 그를 바라보았다.

"이제 저는 주군 없이는 살지 못함다."

*　　　*　　　*

평양 외곽 순안비행장에 중국 베이징 발 고려항공 여객기가 조금 전에 착륙했다.

고려항공 여객기에서 트랩이 내려오고 문이 열렸지만 아무도 내리지 않고 조용했다.

트랩 아래에는 정장을 한 대여섯 명의 노신사와 중년신사가 양쪽으로 도열해 있고 트랩 위에는 여자 승무원 두 명이 양쪽에 단정한 자세로 서 있었다.

그들은 여객기에서 내릴 누군가를 기다리고 있는 것 같았는데 매우 긴장한 표정이었다.

고려항공 여객기에는 북한을 찾은 관광객이 수십 명이고 그 외의 승객들도 많은데 어째서인지 아무도 내리지 못하고 있는 상황이었다.

이윽고 여객기 안에서 누군가 모습을 드러냈다.

그는, 아니, 그녀는 매우 어리고 앳된, 그리고 눈부시게 아름다운 미녀인데 20대 초반의 나이로 보였다.

북한에서는 엄격하게 금지된, 하체에 달라붙은 청바지에 스포티한 점퍼, 짙은 선글라스를 착용한 그녀가 천천히 트랩을 내려왔다.

트랩 아래 맨 앞에 서 있던 65세 정도의 정장 차림 남자가 젊은 여자를 향해 공손히 고개를 숙였다.

"어서 오십시오. 오랜만에 뵙습네다."

정장인은 현재 북한 최고 권력의 실세인 총참모장이며 국방위원회 부위원장인 이영국이다.

북한을 좌지우지하는 그가 측근들을 이끌고 마중을 나올 정도라면 지금 트랩에서 내려온 젊은 여자는 굉장한 신분임이 분명했다.

이영국은 여자가 악수할 것이라고 짐작하여 손을 내밀 준비를 했으나 여자는 그를 힐끗 보고는 그냥 지나쳤다.

그녀를 뒤따라서 정장 사내 여섯 명과 캐주얼 차림의 여자 한 명이 트랩을 내려왔다.

앞선 젊은 여자는 이영국을 슬쩍 쳐다봤을 뿐 그다음에는 누구에게도 눈길조차 주지 않고 걸어갔다.

트랩에서 멀지 않은 곳에 벤츠 승용차들이 줄지어 늘어서 있는데 젊은 여자는 곧장 그리로 걸어갔다.

젊은 여자가 악수를 하지 않았는데도 이영국 등은 조금도 불쾌하게 여기지 않았다.

대신 이영국 등은 허둥거리면서 우르르 승용차가 있는 곳으로 달려갔다.

늘어선 벤츠 옆에는 정장 사내들이 서 있다가 젊은 여자가 선두의 벤츠 마이바흐로 걸어오자 구십 도로 허리를 굽히고 뒷문을 열어주었다.

이영국이 서둘러 젊은 여자가 탄 마이바흐 반대쪽 뒷문으로 달려가자 캐주얼 차림의 여자가 그를 가로막았다.

“당신은 다른 차를 타.”

이영국이 움찔 놀랄 때 여자는 정장 사내가 열어준 뒷문으로 탔다.

이영국은 얼굴이 붉어져서 선팅이 짙은 마이바흐 안을 바라보더니 뒤쪽으로 가서 다른 벤츠에 탔다.

그러고는 여섯 대의 벤츠가 줄줄이 공항을 빠져나갔다.

사리원 특수전부대를 떠나 평양 고려호텔에 도착한 선우는 최창식으로부터 새로운 보고를 받았다.

“오늘 아침 10시 30분에 고려항공 편으로 순안비행장에 도착한 자들 사진입다.”

지금 시간이 11시니까 30분 만에 올라온 따끈따끈한 보고이다.

최창식은 순안비행장을 감시하고 있던 부하가 촬영한 사진들을 테이블에 죽 늘어놓았다.

선우는 사진들을 한 장씩 차근차근 살펴보았다.

옆에 앉은 권보영이 한 사진을 가리켰다.

"이자가 총참모장 이영국입다."

그녀는 이영국이 여객기 트랩에서 내린 젊은 여자에게 공손히 고개를 숙이고 있는 사진을 보면서 어이없다는 표정을 지으며 중얼거렸다.

"이영국이 이렇게 공손하다이… 도대체 이 여자가 누군지 모르갔군요."

선우는 미간을 좁혔다.

"현청하야. 마현가 서열 2위지."

"아……."

선우의 좌우에 앉은 권보영과 혜령이 동시에 놀랐다.

권보영의 얼굴이 굳어졌다.

"기리니끼니 마현가 평양 소굴이 전멸한 거 때문에 이 에미나이가 온 거이구만요?"

"그렇겠지."

"마현가 평양 소굴이 전멸한 거이 이 현청하라는 에미나이가 알면 어캅니까?"

선우는 옆에 서 있는 최창식에게 물었다.

"체포한 마현가 놈들 지금 어디에 있나?"

"보위부 특수 감옥에 있습다."

지난번에 선우는 최창식에게 마현가 부하들을 평범한 감옥에 감금하지 말라고 지시했다.

선우는 일어나서 문으로 향했다.

"어딘지 안내하게."

직접 확인해야 안심이 될 것 같았다.

보위부 특수 감옥은 평양 외곽 남쪽 중화마을 인근 어부산 저수지 물가에 자리 잡고 있었다.

겉으로 보기에는 저수지를 관리하는 관리소처럼 이 층 건물이지만 지하 수십 미터에 5층 규모의 보위부 특수 감옥이 견고하게 지어져 있었다.

"여긴 누가 알고 있나?"

건물 앞에 멈춘 아우디 SUV Q7에서 내리면서 선우가 최창식에게 물었다.

최창식이 앞장서 안내하며 대답했다.

"보위부 평양여단 내에서 저를 포함하여 제 심복 장교 두 명이 알고 있습니다."

"여긴 보위부 평양여단 소유인가?"

"그렇습니다."

"그 두 명을 이곳으로 부르게. 아무한테도 말하지 말고 조용히 오라고 하게."

"알갔습니다."

최창식은 즉시 휴대폰으로 보위부 평양여단에 전화를 걸어 심복 장교 두 명을 불렀다.

선우는 건물 입구에 서서 주위를 둘러보았다.

앞쪽은 콘크리트 바닥이고 그 너머에 시퍼런 물색의 저수지가 드넓게 펼쳐져 있으며 저수지 주변은 산인데 제법 나무가 우거져 있었다.

건물 옆으로 돌아가서 보니 완만한 경사의 저 아래 1.5㎞ 거리쯤에 중화마을 풍경이 한눈에 들어왔다.

드긍.

최창식이 건물의 철문에 달린 커다란 자물쇠에 열쇠를 꽂고 연 다음 안으로 들어가자 안에 또 하나의 철문이 있는 이중문 구조였다.

철문 두께가 상당해서 웬만한 무기로는 쉽사리 부서지지 않을 것처럼 보였다.

최창식이 철문에 다른 열쇠를 꽂아서 열었다.

최창식이 앞서고 선우와 혜령이 뒤따랐다. 권보영은 특수전부대가 핵 시설과 미사일 기지를 급습하여 장악하는 일을 차동희를 비롯한 몇몇 전문가와 막바지 기술적인 작전을 짜느라 바쁜 탓에 평양 시내에 남았다.

견고한 철문을 열고 들어가자 이번에는 두 개의 철문이 그들 앞에 놓여 있다.

최창식이 왼쪽과 오른쪽 철문을 가리키며 설명했다.

"이쪽이 지하 감옥이고 이쪽은 비어 있습다."

"왜 비어 있지?"

"저수지 관리소로 위장했기 때문에 관리인 숙소처럼 보이기 위해서임다. 지하 감옥 일 층에는 병사들 숙소가 따로 마련되어 있기 때문에 여긴 필요가 없습다."

"지하로 내려가자."

최창식이 이번에는 철문을 두드렸다.

쿵쿵쿵!

그러고 보니 지하 감옥 철문은 칙칙한 검은색인데 따로 자물쇠가 없었다.

잠시 후에 철문 안쪽에서 목소리가 들렸다.

"누구요?"

"최창식이다. 열어라."

철컹!

최창식이 대답하자 얼굴 높이쯤에 주먹 크기의 구멍 하나가 생겼다. 철문 안쪽에서 구멍을 열 수 있는 장치가 있는 모양이다.

거기 안쪽에 눈 하나가 나타나 최창식인 것을 확인한 후에야 철문이 열렸다.

드그궁!

철문이 열리고 인민복 차림의 젊은 사내가 최창식에게 경례를 붙였다.

척!

“여단장 동지!”

“별일 없나?”

“없습다!”

“살살 얘기하라우.”

최창식은 인민복을 입은 보위부 병사를 꾸짖고는 선우에게 정중하게 말했다.

“따라오십시오.”

보위부 병사가 앞서고 그 뒤를 최창식이, 그리고 선우와 혜령이 뒤따라서 계단을 내려갔다.

계단을 다 내려와서 병사가 손에 쥐고 있던 리모컨 같은 장치를 누르자 계단 천장에 박힌 몇 개의 전등이 꺼졌다.

지하 일 층은 이곳 특수 감옥을 지키는 보위부 병사 24명의 거처와 휴식 공간이었다.

그들은 보름씩 교대 근무를 하기 때문에 보름 동안은 바깥 구경을 할 수가 없어 이곳 지하 일 층에는 그들을 위한 시설이 제법 잘 갖추어져 있었다.

지하 2층은 비어 있었다. 그곳은 아래쪽 지하 3, 4, 5층으로 이루어진 특수 감옥과 보위부 병사들의 거처 사이를 완충시켜 주는 역할을 하고 있었다.

만에 하나 지하 감옥에서 탈주자가 생긴다든지 폭동 같은 것이 일어난다면 지하 2층에서 3층으로 통하는 철문이나 지하 1층에서 2층으로 내려가는 철문을 봉쇄해 버린다.

마현가 평양 아지트에서 잡혀온 현성풍을 비롯한 11명은 맨 아래 지하 5층에 감금되어 있었다.

천지그룹 회장 현부일의 장남이며 마현가 평양 아지트의 우두머리이던 현성풍만 독방에 있고, 다른 열 명은 각 방에 두 명씩 갇혀 있었다.

선우는 현성풍과 마현가의 졸개들이 신강가 재신 정도의 능력을 지니고 있어야지만 지하 감옥에서 탈출할 수 있을 거라는 사실을 확인하고 지하 감옥에서 지상으로 올라왔다.

선우는 혹시나 하는 생각에 관리소 건물 일 층과 이 층을 천천히 둘러보았다.

뜻밖에 일로 이 층은 공간이 넉넉했다. 지하 감옥이 매우 크기 때문에 그것을 커버하기 위해서라도 건물 용적이 커야만 한 것 같았다.

건물 일 층에는 복도가 길게 뻗어 있으며, 왼쪽에 일렬로 다섯 개의 큼직한 공간이 있었다. 사무실이나 방, 그 밖의 용도로 사용해도 될 것 같았다.

이 층은 입구에 하나의 문이 있으며, 그것을 열고 들어가면 꽤 넓은 공간이 나오고 왼쪽에 두 개의 문이 있는데 그것들 역시 큼직한 공간이었다.

선우는 좋은 생각이 났다. 이곳을 또 하나의 은신처로 삼으면 좋겠다는 것이다.

이주광의 집에 외부인이 자주 들락거리는 것은 이웃의 시선 때문에 좋지 않을 것 같아서 고려호텔로 거처를 옮겼다.

그런데 고려호텔에도 선우를 만나러 많은 사람들, 더구나 쟁쟁한 고위층이 들락거리기 때문에 종업원들의 눈을 피하기가 어려운 실정이었다.

그렇지만 이곳은 매우 한적한 곳이기 때문에 이곳에 올 때 평범한 차량만 타고 온다면 가까이 있는 중화마을 사람들 눈에도 띄지 않을 것이다.

또한 중화마을을 거치지 않고 외곽으로 돌아서 오는 길이 있기에 이곳에서 가끔 선우 일행이 묵거나 몇몇 사람이 모여서 긴밀한 회의 같은 것을 해도 괜찮을 것 같았다.

선우는 최창식에게 지시했다.

"여길 좀 꾸며보자."

"어케 말임까?"

선우는 자신의 의견을 말한 후 일이 층에 가구 등을 사서 넣으라고 최창식에게 넉넉하게 돈을 주었다.

선우는 현청하가 고려호텔 특실에 여장을 풀었다는 보고를 받았다.

만약 선우가 이곳 보위부 특수 감옥의 일이 끝나고 고려호텔로 돌아갔다면 재수가 없을 경우 현청하와 마주쳤을지도 모르는 일이다.

평양에는 몇 개의 호텔이 있지만 어쩌면 현청하가 고려호텔에 묵을지도 모른다는 예상을 했는데 들어맞았다.

선우가 이곳 저수지 관리소 일이 층을 꾸미라고 한 일은 이제 보면 선견지명이 있었던 것이다.

평양 시내에 있는 권보영에게서 전화가 왔다.

—여보 나그네, 어캅니까?

바로 오늘이 '한라산 작전'을 실행에 옮기는 거사일이라서 실행할 것인지 보류할 것인지를 묻는 것이다.

선우는 잠시 침묵하다가 차분한 목소리로 말했다.

"실행해."

—그래도 괜찮슴까?

느닷없이 현청하가 평양에 온 것 때문에 권보영이 긴장하고 있는 것 같았다.

"현청하는 내가 처리할게."

그 말에 권보영의 목소리가 밝아졌다.

—알갔습다. 즉시 실행하갔습다.

권보영은 고려호텔이 아닌 다른 은밀한 장소에서 차동희 등과 함께 한라산 작전을 지휘하고 있었다.

"조심해."

—걱정 말기요. 계획은 완벽함다.

인민무력부장 차동희는 인망이 두터워서 측근에 날고기는 실력자들이 대거 포진해 있었다.

차동희 측근들 면면을 보면 하나같이 쟁쟁했다.

호위총국, 즉 호위사령부 사령관과 평양방위사령부 사령관, 정찰총국 작전국장, 해군사령부 사령관, 공군사령부 사령관, 2개 기갑군단 중 제1기갑군단 군단장, 정규군 9개 군단 중에서 4개 군단장 등 일일이 열거하기도 벅차다.

그렇기 때문에 '한라산 작전'으로 체포하려던 인물들 중에서 군부는 거의 손을 대지 않아도 될 정도였다.

이화승에게서 전화가 왔다. 그는 정찰총국 35국 소속 부장 중의 한 명으로 권보영의 최측근이다.

—몇 사람이 우리 쪽으로 넘어왔습네다.

권보영은 '한라산 작전'을 총지휘하고 있기 때문에 정신없이 바빠서 이화승이 대신 선우에게 전화를 한 것이다.

—내각총리 성필주하고 노동당 선전 담당 비서 하주길. 최

고인민회 상임부위원장 정찬술, 인민보안부장 오창렬, 노동당 조직부장 황석일 이상 다섯 명입네다.

"어찌 된 거요?"

—국장 동지께서 한라산 작전을 실행하기 직전에 아직 우리 편에 가담하지 않는 서열 100위까지의 인물들에게 최후 결정장을 보냈습네다.

"최후 결정장이 뭐요?"

—상황이 이렇게 됐으니 이제는 당신들이 알아서 잘 선택하라는 겁네다.

말하자면 최후의 통첩장이었다.

"서열 100위까지 중에서 다섯 명이 전부요?"

—국장 동지께서는 이제부터 굴비 엮듯이 줄줄이 넘어올 거라고 말씀하셨습네다.

권보영의 말대로 된다면 그보다 좋을 수 없다. 이른바 싸우지도 않고 이기는 방법이다.

제43장
레드아미

9월 17일 오후 1시 27분, 드디어 한라산 작전이 개시됐다.

작전은 일체 비밀이 새어 나가지 않았기 때문에 이영국파의 허를 찌를 것이다. 이영국을 비롯한 그의 패거리는 현재 도합 15명이다. 그들에게는 소위 '최후의 결정판'이 전해지지 않았다. 비밀이 새어 나갈 것을 우려했기 때문이다.

오후 1시 27분, 그들 15명이 있는 곳에 보위부 수사국과 체포조로 보위부 평양여단 병사들이 급습했다.

그중에 두 명은 이동하고 있는 중에 체포됐다. 바로 이영국과 최중희인데, 고려호텔에 현청하를 만나러 가다가 도로상에서 긴급 체포됐다. 이영국은 최고급 벤츠S600 뒷자리에 참모 한 명과 타고 있다가 급습을 당했다. 북한에는 테러 따위가 존재하지 않기 때문에 이영국은 참모와 심복 장교 두 명만 데리고 고려호텔로 가는 중이었다.

이영국 체포 작전은 보위부 평양여단장 최창식이 부하들을 이끌고 진두지휘했다.

보위부 차량 여러 대가 이영국의 벤츠S600을 사방에서 포위해서 강제로 멈추게 하고 병사들이 일제히 달려들어 벤츠 네 개의 문을 활짝 열어젖혔다.

"이 새끼들, 너희들 뭐이야?"

"종간나 새끼들! 너희들, 이 차에 어느 분이 타고 계신지 아는 거야?"

참모와 조수석의 장교, 운전수 세 명이 목에 핏대를 세우고 악을 쓰며 병사들을 꾸짖었다.

투웅! 투웅!

"크헉!"

"허억!"

병사들이 시끄럽게 떠드는 참모와 장교, 운전수에게 소음권총을 무차별 갈겨댔다.

이영국은 혼비백산해서 아무 말도 하지 못하고 눈만 휘둥그렇게 떴다.

병사들이 일사불란하게 시체들을 끌어내려 다른 차에 싣고 뒷자리의 이영국 옆에는 최창식이, 그리고 운전석과 조수석에는 병사 둘이 탔다.

부웅!

벤츠S600이 출발하자 이영국이 사복 차림의 최창식을 쳐다보며 질린 듯한 표정을 지었다.

"무슨 짓이야?"

"조용히 해라."

최창식이 타이르듯 말했다.

"이 새끼야, 내가 누군 줄 알고……."

퍽!

"우왁!"

최창식이 권총 손잡이로 옆머리를 찍자 이영국이 자지러지는 비명을 지르며 반대편으로 픽 쓰러졌다.

이영국은 기절하지는 않았지만 머리가 찢어져서 피를 흘리며 신음 소리를 냈다.

"으음, 이 종간나 반역자 새끼."

최창식은 이영국을 준엄하게 꾸짖었다.

"야, 이 새끼야! 남조선 마현가, 앙이지, 너희 놈들은 천현가라고 부르는 것 같더만."

최창식의 입에서 천현가라는 말이 나오자 이영국이 움찔

놀라서 신음 소리를 멈추었다.

“너 종간나 새끼래 천현가 앞잡이가 되어 위원장 동지를 납치, 감금해 놓고서리 공화국을 주물럭거리던 반역자 새끼가 뭐이가 어드렇고 어드래?”

“…….”

이영국은 소스라치게 놀라는 표정을 지은 채 최창식을 쳐다보며 아무 말도 하지 못했다.

“네놈의 새끼들이래 천현가에 공화국을 팔아먹은 매국노에 반역자들이라는 말이다. 내 말이 틀렸니, 이 새끼야?”

이영국은 쥐어짜듯이 겨우 말했다.

“위원장 동지는 어떻게 됐지?”

“묘향산 특각에 계시는 거이 우리가 구해서 안전하게 모셔다 놓았지비.”

“음…….”

이영국의 얼굴에 절망이 짙게 번졌지만 잠시 후 침착하게 물었다.

“너 이러는 거 누구 명령이냐?”

“누구긴 누구갔어? 위원장 동지 명령이지비.”

“내가 장담하는데 위원장 동지는 조만간 실각하고 내가 다시 제자리로 돌아갈 거다.”

“이 새끼래 무시기 헛소리야?”

"그러니까 지금 나를 풀어주면 그때 가서 은혜를 갚겠다."

최창식은 소음 권총 총구로 이영국의 턱을 쿡쿡 찔렀다.

"너 이 새끼래 고려호텔에 있는 현청하를 믿고 기딴 헛소리를 지껄이는 거네?"

"……."

최창식의 입에서 '현청하'라는 말이 나오자 이영국은 눈을 찢어질 듯이 부릅뜨고 아무 말도 하지 못했다.

최창식은 가소롭다는 표정을 지었다.

"현청하도 곧 붙잡혀 올 테니까니 헛소리 집어치우고 얌전하게 있으라우."

그러나 이영국은 묘한 미소를 지었다.

"그분은 신(神)이다. 아무도 그분을 건드리지 못한다."

오후 1시 58분. 이영국을 비롯한 15명이 모두 체포됐다.

작전 개시 31분 만에 이영국 일파는 보위부 특수 감옥으로 이송됐거나 이송하고 있는 중이었다.

현청하는 고려호텔 최고급 특실 대형 창 앞에 서서 평양 시가지를 내려다보고 있다.

"아가씨, 이영국하고 연락이 안 됩니다."

현청하 뒤에서 휴대폰을 쥐고 있는 캐주얼 차림의 여자가 공손하게 말했다.

“그런데 집무실에서는 이영국이 12시 45분쯤에 나갔다고 합니다.”

현청하는 대동강의 섬 양각도를 응시하며 말했다.

“최중희한테 전화해 봐.”

캐주얼 차림의 여자, 즉 현청하의 비서 겸 심복 현도도는 즉시 휴대폰의 번호를 눌렀다.

그러나 잠시 후 현도도는 고개를 가로저었다.

“최중희도 받지 않습니다. 집무실에서는 12시 40분쯤에 나갔다고 합니다.”

오늘 낮에 이영국과 최중희 두 명이 현청하를 만나러 오기로 되어 있었다. 집무실을 나선 이영국과 최중희는 이곳으로 오고 있는 중이었을 것이다.

현청하가 평양으로 직접 날아온 이유는 마현가 평양 팀하고 전혀 연락이 되지 않기 때문이다.

현청하는 반년 전에 북한에 와 그 당시 원산특각에서 기쁨조들과 질펀하게 밤을 즐기던 김정은을 납치, 감금했으며 이영국과 최중희 등을 북한 권력 전면에 내세워 이른바 섭정(攝政)을 시작했다.

이영국과 최중희가 북한을 통치하고 있었지만 실상 한국의 마현가가 평양에 상주하고 있는 평양 팀에게 지령을 보내면 그 지령이 즉각적으로 이영국과 최중희에게 전달되어 그대로 실행됐다.

그런데 며칠 전, 정확하게 4일 전부터 마현가는 평양 팀하고의 연락이 두절됐다. 한국 마현가에서 직접 이영국, 최중희와 전화 통화를 해서 평양 팀에 대해서 물어봤지만 그들의 대답은 아무것도 모른다는 것이었다.

이영국은 총참모부 직속 병사들을 마현가 평양 아지트에 보냈지만 그곳은 텅 비어 있었다. 조사 팀을 꾸려서 수사에 착수했지만 터럭만 한 단서조차 발견해 내지 못했다.

그래서 결국 현청하가 직접 자신의 측근들을 이끌고 평양으로 날아온 것이다.

마현가에서는 오는 10월 1일 국군의 날을 대대적인 디데이로 잡고 계획을 착착 진행하고 있는 중이다. 북한은 이미 마현가 수중에 들어갔으며 대한민국 대통령도 구워삶은 상황이다.

이제 10월 1일에 남북한의 전격적인 통일을 국내와 전 세계에 발표하고 그 즉시 마현가 휘하의 글로벌 군대 레드아미 '레미'를 발동하여 원대한 플랜트를 이루어 나가면 된다.

그런데 북한 정권을 조종하는 컨트롤 타워 평양 팀이 증발해 버리는 사건이 발생한 것이다.

그런 데다 이곳으로 오던 이영국과 최중희가 연락 두절됐으므로 현청하로서는 갑자기 어디에서부터 어떻게 손을 써야 할지 막막해지는 심정이다.

이영국이나 최중희 둘 다 현청하를 기다리게 할 인물이 아니다. 그녀의 기분을 조금이라도 상하게 해서 좋을 게 없다는 사실을 누구보다 잘 알고 있는 자들이기 때문에 딴짓은 하지는 않을 것이다.

현청하는 뭔가 불길함이 스멀거리는 것을 느꼈다.

"다른 자들한테 연락해 봐라."

"알겠습니다."

현청하는 오랜만에 창에서 몸을 돌렸다.

"됐다. 그만해라."

현도도가 11명째 통화를 시도하려고 할 때였다.

10명 전원이 전화를 받지 않았다. 그렇다면 다른 사람들도 마찬가지일 터. 계속해 봐야 시간 낭비였다.

이건 현청하가 모르는 무슨 일이 생긴 게 분명했다.

가능성은 둘이다.

첫 번째는 이영국과 최중희 등이 작당하여 마현가를 배척하고 있는 것이다.

다시 말해서 이영국 등이 마현가의 꼭두각시 노릇을 그만두고 자신들이 진짜 북한의 권력을 장악하려고 반란을 일으켰다는 뜻이다.

두 번째는 어떤 암중의 세력이 이영국 등을 모두 죽이거나 감금했을 가능성이다.

현재로선 첫 번째가 훨씬 가능성이 높아 보인다. 인간이란 배가 부르면 다른 생각을 하게 되는데 이영국 등이 그런 경우라고 할 수 있다.

여긴 북한이고 이영국 등의 안방이니 마현가가 함부로 활개 치지 못할 것이라는 계산을 했을 것이다.

만약 그게 사실이라면 오래지 않아서 이곳에 보안원이나 보위부 등의 병사들이 들이닥칠 것이다.

두 번째 가능성, 즉 외부 세력이 이영국 등을 죽이거나 제압한 경우인데 이 상황에서 외부 세력이라면 오로지 신강가 하나뿐이다.

그렇지만 그럴 가능성은 아주 희박하다. 우선 북한의 속사정을 신강가에서 어떻게 알고 개입했겠느냐는 것이다.

설혹 알아냈다고 해도 신강가로선 북한에 연줄이나 기반이 전혀 없을 텐데 마현가 평양 팀을 작살내고 또 이영국을 비롯한 마현가의 하수인들만 골라서 정확하게 테러를 감행했을 리가 없을 것이라는 얘기이다.

역시 아무리 생각해 봐도 첫 번째 이유가 틀림없었다.

그때 현도도의 휴대폰이 울렸다.

"뭐냐?"

—호텔 프런트에 보위부가 들이닥쳐서 아가씨께서 묵고 계

신 방이 어디냐고 묻고 있습니다.

고려호텔 입구를 감시하고 있는 마현가 부하로부터의 보고에 현도도의 안색이 확 변했다.

"그래?"

그녀는 현청하에게 그 사실을 보고했다.

현청하의 얼굴이 싸늘해졌다. 그녀는 첫 번째 가능성이 맞을 경우 곧 보위부나 보안원이 들이닥칠 것이라고 예상했는데 그게 들어맞았다.

—어떻게 합니까? 저희가 보위부를 처치할까요?

"기다려라."

현도도는 대답하고 현청하를 바라보았다.

현청하는 입술을 잘근 깨물고 문으로 향했다.

"여길 뜨자."

현청하나 부하들이 보위부를 처치하는 것은 쉽지만 그러면 시끄러워지기 때문에 일단 피하는 게 상책이라고 판단했다.

현도도가 부하에게 지시했다.

"철수한다."

"주군, 현청하가 고려호텔에서 나왔다고 합다."

혜령이 선우에게 보고했다.

고려호텔에 보위부를 보낸 것은 선우였다. 현청하를 고려호텔에서 쫓아내기 위해서였다.

선우의 목적은 현청하를 북한에서 내보내는 것이다. 그렇게 만 되면 선우가 구태여 현청하 앞에 나타날 일이나 그녀와 싸울 일이 없다. 그러기 위해서는 현청하를 줄 끊어진 연 같은 신세로 만들어야만 한다.

이영국, 최중희 등과 연결이 되지 않으면 현청하로서도 별수 없을 것이라는 계산에서이다.

"현청하와 일행 여자가 호텔 앞에서 택시를 탔담다."

혜령이 계속 보고했다.

선우는 고개를 끄떡였다.

"감시 철저히 하도록 해."

"그건 걱정 없슴다."

무전기를 지닌 보위부 사복 병사와 보안원 수천 명 전원에게 현청하 사진을 줘서 평양 시내 곳곳을 지키도록 했으니 그녀를 멀찌감치 미행하다가 놓쳐도 평양 어디에서나 걸려들게 마련이다.

보위부 평양여단과 인민보안부가 선우의 손아귀에 있으니 북한에서 현청하가 뛰어봐야 부처님 손바닥 안이다.

현재 선우와 혜령은 어부산저수지 관리소에 있었다. 최창식에게 지시해 가구와 생활에 필요한 물건 일체를 트럭 두 대분을 사서 들여놓으니 웬만한 아파트보다 나아졌다.

선우는 새로 들여놓은 푹신한 소파에 앉아서 앞쪽에 설치한 대형 TV를 보고 있었다.

TV 화면에는 북한 곳곳에 산재해 있는 7군데 핵 시설과 13군데 미사일 기지의 현황이 20개로 분할되어 나타나 있었다.

가구들을 들여올 때 일제 TV와 전자 제품을 잔뜩 구입해서 일 층 각 방과 이 층 거실에 설치했다.

지금 TV 화면에 나타난 광경은 스포그와 미국의 인공위성들이 번갈아가면서 북한 핵 시설과 미사일 기지를 실시간으로 촬영한 사진과 동영상들을 띄워놓은 것이다.

특수전부대에서 선발된 특수부대원들이 핵 시설과 미사일 기지 20군데로 출발한 지 두 시간이 지났는데 아직 별다른 일이 벌어지지 않고 있었다.

이영국과 최중희를 비롯한 15명은 모두 체포되어 지금 선우가 있는 관리소 아래 지하 감옥에 아까부터 줄줄이 감금되고 있는 중이다.

핵 시설과 미사일 기지 20군데를 장악하고 나면 마지막 작전인 북한군 전체 군단장과 사단장들의 체포가 개시될 것이다.

현재로선 평양과 내각, 군부 최고위 정찰총국, 총참모부, 인민무력부를 완벽하게 장악한 상황이다.

*　　　*　　　*

혜령이 청하를 감시하는 일을 지휘하고 있는 보위부 장교의 전화를 받고 있을 때 선우는 TV 화면에 변화가 일어나고 있는 것을 발견했다.

인공위성이 촬영하고 있는 영변 핵 시설에 갑자기 한 대의 비행기가 나타났다.

비행기는 곧 세 대로 늘었으며 지상에서 50m쯤 저공비행을 하면서 영변 핵 시설로 접근하고 있었다.

인공위성이 비행기들을 클로즈업하자 날개가 위아래 샌드위치처럼 두 개인 복엽기가 보였다.

그런데 크기가 일반 복엽기보다 열 배 이상 큰 기형적인 모양을 하고 있다.

선우는 군대에 있을 때 저것이 북한에서 특수전부대가 침투용으로 사용하고 있는 AN-2기라는 사실을 배운 적이 있다.

제2차세계대전 당시 소련에서 정찰이나 농약 살포 등의 용도로 생산한 기종인데, 이후 소음이 적은 데다 뛰어난 저공비행 능력 때문에 적지 침투용으로 사용되었으며, 지금까지 수만 대가 생산된 베스트셀러 기종이다.

북한에서는 완전무장 병력 35명을 태울 수 있는 AN-2 복엽비행기 350여 대를 운용하고 있는 중이며 절반 이상이 특수전부대에 있다.

크게 확대된 AN—2에서 병사들이 무더기로 뛰어내리고 곧 낙하산이 펼쳐지는 광경이 보였다.

공수부대다.

그것을 시작으로 다른 분할된 화면에도 십여 군데의 핵 시설이나 미사일 기지에 각각 여러 대의 AN—2가 접근하는 광경이 보이기 시작했다.

20군데 전부에 AN—2가 접근하여 특수부대원들을 낙하시키는 것은 아니었다.

깊은 산속에 있어서 육로로 접근하는 것이 쉽지 않은 지형은 AN—2로 저공비행하여 공수부대를 투하하여 급습하고, 접근이 용이한 지역은 장갑차와 무장 병력을 태운 트럭이 밀고 들어갔다.

선우가 지켜보고 있는 20분 동안에 핵 시설과 미사일 기지 20군데 전체의 공격이 이루어졌다.

그제야 안심이 된 선우는 TV에서 시선을 떼고 저만치에 있는 혜령을 쳐다보았다.

"현청하는 뭘 하고 있대?"

"양각도호텔에 들어갔는데 보위부가 알아보니 거기에 투숙한담다."

혜령이 선우 쪽으로 걸어왔다.

"보위부 시켜서리 또 쫓아내라고 할까요?"

"아냐. 내버려 둬."

"어째 내버려 둡까?"

"현청하가 양각도호텔에 들어가자마자 보위부가 들이닥치면 자기가 감시당하고 있다는 걸 알아차릴 거야. 그걸 알게 되면 골치 아파지니까 모르게 놔둬야지."

"아……!"

"현청하를 양각도호텔에서 하룻밤 재우고 내일 오전에 보위부가 찾아가면 감시가 아니라 수색에 의해서 자신들이 발각된 것이라고 생각하겠지."

"저는 거기까지는 생각 앙이 했습다. 저는 주군 따라가려면 한참 멀었습다."

"현청하가 딴짓을 하지 않는 한 내일까지 지켜보자."

"네."

이주광 집 별채에서 선우의 시중을 들던 연나운을 이곳으로 데려와 식사와 청소를 맡겼다.

평양 최고급 아파트 이상의 수준으로 온갖 가구를 들여놓은 일 층에는 최창식의 심복 십여 명을 상주시켰는데 식자재와 필요한 물품들을 풍족하게 대주었더니 자기들끼리 지지고 볶으며 잘 해먹었다.

이 층에는 큰 방이 두 개에 거실과 식당, 주방까지 골고루 갖추어져 있으며, 연나운은 이 층만 담당하면서 이 층에서 지내도록 했다.

선우와 혜령, 연나운이 식탁에 둘러앉아 저녁 식사를 하고 있는 중이다.

연나운이 자기는 나중에 따로 혼자서 먹겠다고 말했지만 선우는 그런 걸 절대로 그냥 놔두지 않는 성격이다.

"나운 씨 가족은 한국에 잘 정착했습니까?"

선우의 물음에 연나운이 미소를 지으며 대답했다.

"정치범수용소에 있던 부모님과 가족들을 검은 천사께서 구해주셔서 모두 무사히 대한민국에 보내주셨습네다. 그 이후에 가족들은 대한민국에서 준 아파트에서 살면서, 또 정착금을 받아서 작은 분식집을 하고 있다고 합네다."

"그렇군요."

"먹고 자는 거는 전혀 걱정 없고 동생들은 다 고등학교와 대학교에 다닌다고 하니까니 얼마나 다행인지 모릅네다."

선우는 혜령이 발라준 생선 고깃살에 밥을 한 숟가락 듬뿍 떠서 입에 넣고 우물우물 씹으면서 말했다.

"다행이군요."

한번 말문이 열린 연나운은 묻지 않은 것까지 설명했다.

"공화국에서는 집하고 식량이나 모든 걸 배급을 주니까 먹고사는 것은 문제가 없었잖습네까? 물론 그것은 배급을 제대로 줄 때였지만 20년 전부터 배급을 일체 주지 않아서 여긴 지옥이나 다를 바가 없었습네다."

선우가 고개를 끄떡이는 것을 보고 연나운이 말을 이었다.

"거기에 비해서 대한민국은 부지런히 일을 하면 먹고사는 것은 걱정이 없다는 말입네다."

"그렇지요."

"하지만 우리 부모님은 교수하고 의사를 했는데 북한에서 배운 의학 지식 같은 것이나 의사 면허는 대한민국에서는 전혀 써먹지 못하니까 그저 몸을 써서 돈을 벌어야 하는 것 때문에 힘들다고 하십네다."

"부모님이 분식집을 해서 버는 수입이 전부입니까?"

"그렇습네다. 이것저것 다 제하고 한 달에 200만 원 남짓 버는데 그걸로 아파트 임대료에 전기세, 가스비 같은 거 내고 식비 같은 거 하고 나면 동생들 학비가 항상 모자란다고 합네다. 그래서 동생들이 부업을 하고 있습네다."

동생들의 부업이란 아르바이트일 것이다. 그리고 대한민국 정부에서 내준 집은 임대 아파트인 듯했다.

선우가 지나가는 말처럼 물었다.

"나운 씨는 한국에 가고 싶지 않습니까?"

연나운이 씁쓸한 표정을 지었다.

"가고는 싶지만 그러자면 검은 천사님에게 무리한 부탁을 해야 하는데 송구스러워서……."

"그러면 우리가 이곳의 일이 끝나면 같이 가도록 합시다."

선우의 말에 연나운이 너무 놀라서 벌떡 일어서다가 젓가락을 떨어뜨렸다.

"마, 말씀만이라도 고맙습네다."

"말로만 하는 게 아니라 진짜 같이 가도록 합시다."

"참말이십네까?"

"그렇습니다."

연나운은 두 손을 모으고 눈물을 글썽거렸다.

"아아, 제가 대한민국에 가면 부모님을 도와서 열심히 일해 돈을 벌 겁네다."

"그렇게 하세요."

선우는 연나운을 대한민국에 데리고 가면 자신이 그녀를 취업시켜 주고 금전적인 도움을 줄 생각이지만 그것을 미리 말하지는 않았다.

식사 후에 선우는 소파에 앉아서 TV를 보며 핵 시설과 미사일 기지 공격을 지켜보았다.

아니, 이제는 공격이라고 할 게 없었다. 인공위성상으로 전투가 진행되고 있는 곳은 미사일 기지 두 군데가 전부이다.

다른 곳들은 장악했는지 겉보기로는 조용했으며 아직 보고가 들어오지 않은 상황이다.

북한의 핵 시설과 미사일 기지는 모두 지하에 있기 때문에 인공위성으로는 특수전부대의 공격이 성공했는지 여부를 알 수가 없다.

혜령이 맥주와 안주를 갖고 와서 테이블에 놓고 선우 옆에 앉아 맥주를 컵에 따랐다.

혜령은 맥주 컵을 선우에게 주고 나서 65인치 대형 화면에 분할된 20곳의 핵 시설과 미사일 기지들을 하나씩 꼼꼼하게 살펴보기 시작했다.

"아직 두 군데가 싸우고 있구만요. 저기는 어딤까?"

"평안북도 백운리하고 강원도 깃대령이야."

평안북도 백운리는 압록강 하류 아래쪽으로 서해안이고, 강원도 깃대령은 휴전선 인근의 동해안이다. 그러니까 북서쪽 끝과 동남쪽 끝이 아직 말썽이다.

혜령이 TV 화면을 가리켰다.

"더 크게 볼 수는 없갔슴까?"

선우는 리모컨을 조작해서 격전이 벌어지고 있는 백운리와 깃대령을 2분할로 만들었다.

백운리는 가파른 비탈의 산악 지역에 수림이 울창하고 깃대령은 해안가 절벽인데 둘 다 특수대원들이 아래에서 위로 공격하고 있으며, 지형적인 불리함 때문에 위로 오르지 못하고 있는 상황이었다.

잠시 지켜보던 혜령이 화면을 가리키면서 선우를 보며 의견을 얘기했다.

"저거이 공중에서 공격하면 안 되갔습까?"

"응?"

선우는 정신이 번쩍 들었다. 저런 상황에서 공중에서 전투기나 헬기가 공격하면 저항하는 부대는 만신창이가 될 것이고, 그때 특수부대가 재빨리 점령해 버리면 된다.

혜령이 말한 것은 전투의 기본인데도 선우는 미처 생각하지 못했다.

핵 시설과 미사일 기지들은 온전히 특수전부대에게 맡긴다고만 생각했기 때문이다.

선우는 즉시 권보영에게 전화를 걸었다. 모르긴 해도 전투에 대해서 잘 모르는 권보영도 거기까지는 생각이 미치지 않았을 것이다.

—기런 방법이 있었구만요!

과연 선우의 말을 듣고 권보영이 반색했다.

선우는 전화를 끊고 혜령의 어깨를 두드렸다.

"고마워. 네 덕분에 큰 짐을 덜었어."

칭찬을 받은 혜령이 흐뭇해서 빈 컵을 두 손으로 내밀었다.

"기럼 상 주시라요."

"상이 문제겠어?"

선우가 혜령의 컵에 맥주를 따르고 있는데 휴대폰이 울렸다.

—주군, 최창식입다.

혜령이 선우를 '주군'이라고 부르는 소리를 듣고 마땅하게 그를 부를 호칭이 없던 최창식도 이제는 '주군' 소리가 입에 붙은 것 같았다.

"무슨 일인가?"

—현청하가 투숙한 양각도호텔 객실은 VIP용으로 비밀 카메라와 도청 장치가 되어 있습다.

"그런데?"

—주군 계신 곳으로 연결해 드리갔습다.

"그게 가능해?"

—가능합다. 주군 손전화, 앙이, 휴대폰으로 보내 드릴 테니까니 그거를 텔레비죤에 연결하십시오.

"알았어."

선우가 맥주를 두 잔쯤 마셨을 때 최창식이 선우의 휴대폰으로 실시간 동영상을 보내왔다.

선우가 그걸 TV로 연결했더니 지직거리고 나서 화면에 네 개의 분할된 화면이 나타났다.

거실과 침실, 또 하나의 침실, 그리고 어이없게도 화장실 겸 욕실에도 카메라가 설치되어 있었다.

그렇지만 그걸 보고도 혜령은 아무렇지 않은 듯했다. 북한에서는 화장실 몰래카메라도 일상적인 것 같았다.

화면의 거실에는 두 여자가 서 있었다.

한 여자는 대형 창가에 서서 뒷모습을 보인 채 밖을 내다보고 있으며, 또 한 여자는 뒤쪽에 서서 창가에 서 있는 여자를 응시하고 있는 광경이다.

창가에서 뒷모습을 보이고 있는 여자가 현청하인 것 같았다. 다른 여자가 현청하가 아니기 때문이다.

마치 정지 화면처럼 두 여자는 오랫동안 움직이지도 말을 하지도 않았다. 20분이 넘도록 그 상태가 지속되었기 때문에 선우는 아까의 핵 시설과 미사일 기지 쪽으로 화면을 바꾸었다.

그런데 미사일 기지에 변화가 일어나고 있었다. 서해안 백운리와 동해안 깃대령 하늘에 공격 헬기가 각각 세 대씩 나타나서 기관포와 로켓탄을 쏟아붓고 있었다.

"됐다."

선우는 비로소 안심이 되어 고개를 끄떡였다.

권보영의 전화가 왔다.

—군대 시작하갔습다.

"핵 시설하고 미사일 기지는 다 끝난 거야?"

선우의 물음에 권보영이 느긋하게 대답했다.

—핵 시설 일곱 군데는 다 끝났습다. 미사일 기지는 네 곳이 남았는데 곧 장악할 거 같습다.

"그래? 알았어. 그럼 군부대 시작해."

—알갔습다. 그런데 나그네, 주무시지 않습까?

"이런 상황에 잠이 오겠어?"

—기래도 좀 쉬시라요. 이거이 금세 끝날 일이 아입다.

권보영은 차동희 등과 함께 평양 인민무력부 종합상황실에서 전체 작전을 지휘하고 있었다.

"알았어."

—기럼 쉬시라요. 사랑합다, 여보.

새벽 두 시가 넘자 연나운이 졸음을 이기지 못한 듯 인사를 하고 자기 방으로 쉬러 갔다.

그래도 선우와 혜령은 소파에 앉아서 TV에 시선을 고정시킨 채 맥주를 마시고 있었다.

혜령이 아까 선우가 하는 것을 보고 외워두었다가 리모컨을 눌러서 화면에 현청하의 객실이 나오게 했다.

아까 처음에 본 장면과 다른 장면이 나타났다.

거실 소파에 현청하와 현도도 두 여자가 마주 앉아 술을 마시고 있는 광경이다.

*　　　　*　　　　*

두 여자가 마시고 있는 것은 북한의 대동강소주다. 그리고 테이블에는 찌개 냄비가 하나 놓여 있었다. 선우는 그녀들이 소주를 마시고 있을 줄은 예상하지 못했다.

—죄송합니다.

그때 현도도가 현청하를 보면서 말하는 소리가 들렸다.

—뭐가?

—아가씨께서 평소에 즐겨 드시는 곱창하고 오징어볶음을 평양에서는 구할 수가 없습니다. 동태찌개가 입맛에 맞으시려는지 모르겠군요.

—소주에는 무조건 곱창하고 오징어볶음이 최고야. 이 동태찌개는 맛있기는 하지만 절대로 곱창하고 오징어볶음에 비할 수가 없어.

—아가씨의 곱창하고 오징어볶음 사랑은 대단하십니다.

현청하는 말없이 소주를 원샷하고는 물끄러미 허공을 응시하며 생각에 잠기는 듯한 모습이다.

현도도는 한동안 말없이 허공만 응시하고 있는 현청하를 바라보다가 조심스럽게 물었다.

—그분 생각 하세요?

—응.

현청하는 솔직하게 시인했다. 그녀는 자신의 심복인 현도도에게는 거의 감추는 것이 없었다.

—오빠가 나한테 소주를 처음 가르쳐 줬어.

현도도는 요즘 현청하가 흠뻑 빠져 있는 오빠에 대해서 그녀가 설명해 준 것들을 토씨 하나 틀리지 않고 달달 외울 정도로 잘 알고 있었다.

현청하는 그 오빠와 만나서 보낸 14시간 동안 있던 일들을 자신이 믿는 오직 한 사람 현도도에게만 얘기했다. 현청하는 그 얘기를 마치 전쟁을 치른 전사의 영웅담처럼 장황하게 설명하는 것을 좋아했다.

현청하의 그 오빠 이름은 이정후이고 닉네임은 골드핑거다.

현청하가 23년 동안 살아온 세월에 비하면 14시간은 매우 짧다고 할 수 있지만 그 14시간이 차지하는 비중이 그녀가 23년 동안 살아온 것보다 훨씬 컸다.

현청하의 입가에 온화한 미소가 떠올랐다.

—처음 마시는 술인데도 정말 맛있었어. 처음 한두 잔만 독했고 그다음에는 꿀물처럼 달았어. 내가 잔을 비우면 오빠가 소주를 부어주었어.

현도도는 똑같은 말을 열 번도 더 들었다.

—그렇지만 인사불성이 되시도록 마시다니 그분이 아닌 다른 남자였다면 큰일 날 뻔하셨어요.

—오빠니까 마음 놓고 술 마셨지 다른 남자였으면 마시지도 않았어.

—그렇지만 어떻게 처음 만난 남자하고 술을 마시고 또 정신을 잃을 때까지 마신 건가요? 그건 절대로 아가씨 평소 모습이 아닌데요.

—그 이유는 나도 모르겠어. 그냥 오빠가 좋았어. 오빠하고 함께 있으면 너무나 행복했어.

—처음 보는 순간부터요?

—아니. 처음 본 순간은 아니고 계속 대화를 하다 보니까 그냥 마음이 끌렸어. 아마 콜럼버스가 아메리카 대륙을 최초로 발견했을 때의 심정이 그때의 나 같았을 거야.

—저는 아가씨께 말만 들었는데도 그분이 얼마나 매력적인지 짐작할 수 있을 것 같아요.

—그래, 전 세계를 다 뒤져도 오빠 같은 남자는 절대로 찾지 못할 거야.

—맞아요. 아가씨 같은 미녀가 술에 취해서 정신을 잃었는데도 손가락 하나 건드리지 않다니…….

현청하는 무슨 생각을 하는지 까르르 웃음을 터뜨렸다.

—내가 술에 취해서 정신을 잃으니까 오빠가 날 업고 모텔

을 찾아갔잖아.

—그랬죠.

—아하하하! 그때 내가 오빠 뒤통수하고 등에다가 갑자기 토를 한 거야! 그날 먹은 소주하고 곱창, 오징어볶음을 죄다 토했다니까?

현도도는 빙그레 미소 지었다. 이 얘기는 맨날 들어도 매번 재미있어서 미소가 절로 지어졌다.

—자다가 머리가 아파서 깼는데 내가 브래지어하고 팬티만 입고 있는 거야. 나는 침대에서 자고 오빠는 팬티만 입은 채 바닥에서 자고 말이야.

—초면에 민폐를 끼쳤군요.

—나중에 내가 우겨서 오빠하고 침대에서 서로 꼭 안고 잤는데 내가 자면서 또 울었나 봐. 오빠가 내 머리랑 등을 쓰다듬으면서 위로해 주는데 그때는 정말이지 당장 죽어도 좋을 만큼 행복했어.

—정말 최고의 남자로군요.

혜령은 두 여자의 대화를 듣다가 무심코 선우를 봤는데 그가 빙그레 흐뭇한 미소를 짓고 있는 것을 발견했다.

"저 에미나이들 얘기하는 거이 재미있슴까?"

"그래."

현청하와 현도도가 얘기하고 있는 남자가 선우 자신이기

때문에 미소가 절로 지어질 수밖에 없었다.

두 여자는 이후에도 술을 마시면서 줄곧 선우에 대해 대화를 나누었다.

선우는 자리에서 일어나 침실로 향했다.

"혜령아, 그만 자자."

"네."

쭈뼛거리면서 눈치를 살피고 있던 혜령은 발딱 일어나서 선우의 뒤를 쪼르르 따라갔다.

혜령은 화장실에 가서 소변을 보고 침실로 가지 않고 소파로 걸어갔다.

그녀는 아래에 팬티도 입지 않고 벌거벗은 모습에 위에만 점퍼를 입고 지퍼를 채우지 않은 모습이다. 벌거벗은 채 자다가 화장실에 가려고 점퍼를 입은 것이다. 아까 침실에 들어가자마자 선우와 한차례 격렬한 섹스를 하고 나서 그의 품에서 잠이 들었다가 화장실에 간 것인데 잠이 깨버렸다.

소파에 앉으니 맨살이 닿아서 엉덩이가 차가웠다.

컴컴한 실내에서 무릎을 올려 두 팔로 가슴에 꼭 안고 물끄러미 정면을 바라보는 그녀의 얼굴에 행복한 미소가 가득 피어났다.

오늘 혜령은 선우와 세 번째 섹스를 했다. 처음은 서해에

떠 있는 여객선 특실에서 선우가 혜주와 섹스를 한 직후에, 그리고 두 번째는 온천읍에서 평양으로 돌아오다가 벤츠 안에서 카섹스를 했다.

그런데 처음과 두 번째하고는 달리 아까는 정말이지 너무 좋아서 숨이 끊어지는 줄만 알았다.

혜령은 그게 오르가즘인 줄 모르고, 온몸이 녹아버리고 분해되는 것 같아서 두 팔과 두 다리로 선우의 몸을 힘껏 부둥켜안은 채 신음 소리를 냈다.

그런데 이상한 일이 생겼다. 아까 세 번째 섹스를 하기 전까지는 그녀에게 선우는 주군이며 신 같은 존재였는데 지금은 그가 한 남자로 느껴졌다.

그녀의 운명을 좌지우지하고 죽을 때까지 목숨을 바쳐서 사랑해야 할 지아비 같은 존재 말이다.

아직도 그녀의 그곳에 선우의 커다란 그것이 꽉 들어차 있는 느낌이다.

잠시 앉아서 행복한 미소를 짓고 있던 그녀는 리모컨을 집어 들고 TV를 켰다.

그런데 TV 화면에 현청하와 현도도가 호텔 객실 거실 소파에 마주 앉아 소주를 마시고 있는 장면이 나타났다.

지금 시간이 새벽 네 시인데 두 여자는 소주에 한이 맺혔는지 혜령이 아까 본 그 모습 그대로 술을 마시고 있었다.

두 여자 앞에 있는 테이블에는 소주 빈병 다섯 개가 놓여 있다. 대단한 주량이다.

그런데 혜령은 두 여자가 아까처럼 어떤 남자에 대해서 수다를 떨고 있지 않다는 것을 그녀들이 나누는 대화를 듣고 알게 되었다.

한동안 두 여자의 대화를 듣고 있던 혜령은 한순간 벌떡 일어나 침실로 달려 들어갔다.

"주군, 일어나세요."

혜령은 침대 옆에서 선우에게 조용하게 말했다.

"음……."

선우는 눈을 뜨더니 두 손을 뻗어 그녀를 잡아 끌어당겼다.

"이리 와라, 혜령아."

그 바람에 혜령이 걸치고 있던 점퍼가 벗겨지고 그녀는 알몸이 되어 역시 알몸인 선우의 몸 위에 엎어졌다.

선우는 두 손으로 혜령의 등과 엉덩이를 쓰다듬으면서 잠결에 중얼거렸다.

"한 번 더 하고 싶니?"

"아… 그게 아닙다."

혜령은 키스를 하려는 선우의 입술에 대고 말했다.

"주군, 아까 그 여자들이 이상한 말을 하고 있습다."

"……."

"제가 조금 전에 거실에서 텔레비죤을 보는데 두 여자가 아직까지도 술을 마시면서리 뭐인가를 불렀다는 둥 희한한 소리를 했습다."

선우는 혜령을 안은 채 벌떡 일어나 그녀를 바닥에 내려놓을 새도 없이 안고 그대로 거실로 나가 소파에 앉았다.

선우는 TV 화면에 시선을 고정하고 혜령은 그에게서 내려와 옆에 앉았다.

두 사람은 벌거벗은 채 소파에 나란히 앉아 있지만 신경 쓰지 않고 TV 화면에만 집중했다.

그러나 현청하와 현도도는 조금 전에 혜령이 들은 내용의 대화는 하지 않고 술자리를 끝내는 중이었다.

혜령이 당황하며 TV 화면 속의 현청하를 가리켰다.

"저 여자가 레미인가 뭐인가 하는 거이 내일 밤에 들어올 거이라고 했습다. 제가 분명히 들었습다."

"레미?"

선우는 '레미'라는 말을 들은 적이 있다. 그가 제압해서 감금한 마현가의 여러 인물들이 실토한 내용 중에 '레미'라는 것이 있었다.

마현가는 산하에 크게 두 개의 조직을 거느리고 있는데, 그중 하나는 경제 조직인 엠파이어이고 또 다른 하나는 군사 조직인 통칭 '레미(Remy)'라고 부르는 붉은 군대인 '레드아미(RedArmy)'이다.

마현가의 실질적인 힘은 레미에 있다고 한다. 경제 조직 엠파이어는 레미를 지탱하는 돈줄이다. 엠파이어에서 돈을 벌어 레미를 운영하고 있는 것이다.

그때 혜주가 마현가 집회 장소인 강남 리우빌딩에 모인 인물들의 사진을 보면서 설명을 해주었다.

"이자는 미국 육군 특수부대 사령관 리버티 쿡스야. 그리고 이자는 영국 특수부대 SAS 사령관 데이빗 스털링, 그리고 이자는 프랑스 외인부대 사령관 쟈크 슐랑, 이자는 일본 육상자위대 막료장 가와바다 히카리야."

말하자면 '레미'는 세계 각 나라에 속한 정규군이지만 실제로는 마현가의 사병(私兵)인 것이다.

그런데 혜령의 말에 의하면 바로 그 '레미'가 내일 밤에 들어올 거라는 것이다.

지금 상황으로 봤을 때 '레미'가 들어온다면 그 장소는 당연히 북한이다.

그런데 어디를 통해서 어느 정도 규모가 들어오는 것인지 알 수가 없다.

현청하와 현도도가 술을 마시면서 수다만 떠는 줄 알았더니 그런 중요한 대화를 나누었을 줄은 예상하지 못했다.

TV 화면 속의 현청하는 욕실로 들어갔고, 현도도는 어질러진 테이블을 치우고 있었다.

이제 두 여자는 잘 준비를 하고 있으므로 그녀들의 입을 통해서는 '레미'에 대해서 들을 수 없게 되었다.

"혜령아, 그녀들이 무슨 말을 더 했는지 잘 생각해 봐라."

다른 건 필요 없었다. 북한 어디를 통해서 레미가 들어올 것인지 장소를 아는 게 제일 중요했다.

장소를 알면 그곳을 지키면 될 테지만 모르면 북한 전역을 지킬 수는 없는 노릇이다.

혜령은 자신이 무슨 큰 잘못을 저지른 것 같은 심정이 되어 어쩔 줄을 몰라 했다.

"주군, 저는… 아아……."

선우는 혜령을 다그치지 않고 차근차근 설명했다.

"레미라는 것은 마현가의 군대야."

이어서 레미에 대해서 설명해 주었다.

설명을 듣고 난 혜령은 레미가 북한에 들어온다는 것이 얼마나 중대한 사건인지 알게 되었다.

"혜령아, 괜찮아. 급하지 않으니까 마음 가라앉히고 천천히 생각해 봐."

선우는 혜령이 분명히 더 들은 것이 있는데 갑자기 다그치니까 생각이 나지 않는 거라고 판단하여 허벅지를 부드럽게 쓰다듬으면서 다독였다.

선우가 쳐다보니 혜령은 눈을 깜빡거리면서 자기가 들은 것을 기억해 내려고 무진 애를 쓰고 있었다.

그렇지만 무엇이든지 억지로 하면 더 안 되는 법이다. 기억이라는 것은 몸으로 하는 행동보다 더 오묘한 것이라서 한번 헝클어지기 시작하면 영영 기억해 내지 못할 수도 있다.

선우는 혜령이 기억해 내려고 애쓰는 모습이 안쓰럽기도 하고 이렇게 빚 독촉하듯이 옆에서 다그치면 외려 역효과가 날 수도 있다고 판단했다.

"됐다. 이제 그만하고 맥주나 한잔하자."

시원한 맥주를 마시면서 마음이 차분해지면 불현듯 기억이 떠오를지도 모른다는 생각에 선우는 일어나서 주방의 냉장고로 걸어갔다.

그때 다른 침실의 문이 열리며 잠옷 차림의 연나운이 나오다가 정면에서 걸어오는 벌거벗은 선우를 발견했다.

"아……!"

연나운이 화들짝 놀라며 그 자리에 얼어붙더니 급히 몸을 돌려 외면했다.

선우는 어색하게 웃었다.

"별일 아니니까 들어가서 자요."

"네……."

연나운은 감히 선우를 쳐다보지도 못하고 얼른 방으로 들어가 문을 닫았다.

지금은 연나운이 무엇을 오해하든 중요한 게 아니었다. 선우는 냉장고에서 캔 맥주 두 개를 꺼내 테이블로 돌아왔다.

선우와 혜령은 각자 캔 맥주를 두 개씩 다 마실 때까지 아무 말도 하지 않고 소파에 앉아 있었다.

아까 혜령은 5분 정도 현청하와 현도도가 나오는 TV 화면을 쳐다보고 있었다.

그렇지만 처음에는 선우하고의 섹스에 대한 감상에 젖어 있었고, 뒤에 2분 정도 두 여자의 대화를 들었는데 그때도 자세하게 듣지는 못했다.

"주군."

혜령이 맥주 캔을 만지작거리면서 선우를 돌아보았다.

"저를 최면 걸면 앙이 되갔습까?"

"……."

"제가 기억하지 못하는 거이 최면이라는 것을 걸면 알아낼 수는 없는 것임까?"

선우는 정신이 번쩍 들었다.

혜령에게 최면을 거는 것이 아니다. 현청하와 현도도의

CCTV가 녹화되고 있을 테니 그걸 보면 될 것이다. 마음이 급하면 바보가 되는 것인지 그런 기본을 생각해 내지 못한 채 허둥대고 있었다. 선우는 최창식에게 전화해서 녹화된 것을 보내라고 지시했다.

—도도야, 많은 수는 필요 없으니까 더 이상 보채지 마라.

—그렇지만 이백 명은 너무 적습니다.

—레미에서도 초특급 솔저들이 올 거야. 전쟁을 하려는 게 아니니까 그걸로 충분해. 그리고 배후에는 섭머린이 있어.

—아, 그렇군요.

섭머린은 잠수함이다. 그러니까 레미의 초특급 솔저들을 잠수함으로 북한 해안에 침투시킨 후 잠수함은 깊은 바닷속에서 웅크린 채 명령을 기다리고 있었다.

*　　　*　　　*

—언제 도착하지?

—모레 정오쯤 돼야 합니다.

—아무래도 그렇겠지? 어느 쪽이 먼저 도착할까?

—온천읍 쪽일 겁니다. 평양하고 가까우니까요.

거기에서 현청하와 현도도의 대화가 끝났다.

레미 이백 명이 잠수함으로 북한에 침투한다.

최소한 두 군데 이상의 해변으로 침투하는데 그중 한 군데는 평안남도 서해안인 온천읍이다.

공교롭게도 온천읍 해안인 귀성리 앞바다와 갯벌은 정필의 헤이텐수산이 50년 동안 북한으로부터 임차한 곳이다.

침투 장소가 몇 군데인지, 그리고 어디인지 한 군데밖에 모른다는 게 문제지만 알아낼 방법이 없다.

아니, 알아낼 방법이 하나 있기는 하지만 위험을 감수해야 한다. 현청하와 같이 있는 여자 현도도를 선우가 일대일로 마주쳐서 최면을 걸어 알아내는 것이다.

그게 아니면 평양시 전역을 방어해서 레미가 시내에 들어오지 못하도록 하는 것인데 그건 매우 어렵다.

다음 날 아침, 선우는 혜령과 함께 양각도호텔로 갔다.

객실에 현청하와 현도도가 같이 있을 때는 어떻게 해볼 방법이 없다.

알아본 바에 의하면 현청하와 현도도는 46층 특실에 묵고 있다. 양각도호텔에는 특실이 10개 있으며 모두 전망이 가장 좋은 46층에 있다.

맨 꼭대기 층인 47층은 회전식 전망 레스토랑이며, 선우와 혜령은 그곳에서 커피를 마시고 있는 중이었다.

양각도호텔에서 멀지 않은 곳에 있는 보위부 감청 차량에서 현청하와 현도도의 객방 CCTV를 주시하고 있다가 현도도가 혼자 될 경우 즉시 선우에게 무전을 해주기로 했다.

선우는 자신이 이곳 평양에서 현청하와 정면으로 맞부딪치는 일이 없도록 애쓰고 있었다.

현청하와 마주치게 되면 뭐라고 둘러댈 말이 없다. 40대로 변장은 했지만 현청하가 알아보지 못할 거라는 보장이 없다. 그녀와 마주쳐서 선우를 알아보면 싸워야만 하는데 선우는 그런 일이 일어나지 않기를 바랐다.

그렇기 때문에 현도도와 단독으로 마주치려고 지금처럼 힘든 방법을 선택한 것이다.

레스토랑에 들어온 지 두 시간이 넘어가자 종업원들이 선우와 혜령을 자주 힐끔거리며 눈총을 주었다.

오전 9시에 문을 열자마자 들어와서 커피 두 잔만 달랑 마셨기 때문이다.

종업원들에게 눈을 부라리고 우격다짐으로 될 일이 아니라서 혜령이 손짓으로 종업원을 불러 때 이른 점심 식사를 주문했더니 그제야 종업원들의 눈총이 멈추었다.

선우는 창밖의 대동강 풍경을 물끄러미 내려다보고 있지만 가슴은 답답하기만 했다.

현청하와 현도도의 대화 중에 레미가 모레 도착한다고 했다. 그건 아마 레미가 평양에 도착하는 시간을 말하는 것이 분명했다.

그렇다면 북한 해안에 도착하는 시간은 오늘 밤이나 내일 새벽일 것이다.

해안에서 평양까지 오는 시간이 있을 테니까 말이다. 그 증거로 현도도는 온천읍에서 평양이 가까우니 그 팀이 먼저 도착할 거라고 말했다.

선우와 혜령이 레스토랑에 들어온 지 두 시간이 넘어가고 있지만 현도도가 따로 혼자가 됐다는 연락은 오지 않고 있었다.

혜령은 아까부터 뭔가 말할 것이 있는 표정으로 선우의 눈치를 살폈다.

그녀는 어째서 선우가 그 여자들이 있는 특실로 직접 쳐들어가지 않는 것인지 궁금했다.

선우에겐 초인적인 능력이 있으며 최면술로 사람의 정신을 마음대로 할 수 있으니 그 여자들을 제압해서 최면을 걸면 간단할 텐데 그러지 않고 어째서 이런 소극적인 방법을 사용하는 것인지 이상하기만 했다.

선우는 자신의 휴대폰을 꺼내서 켜고 현청하가 묵고 있는 특실의 CCTV 영상을 직접 수신했다.

그런데 휴대폰을 작동하던 선우의 미간이 좁혀졌다. 영상 수신이 되지 않았다.

그때 감청 차량에서 무전이 왔다.

—촬영하고 있는 것이 발각된 것 같습네다. 갑자기 수신이 끊어졌습네다.

우려하던 일이 벌어졌다. 현청하가 자신들이 촬영당하고 또 도청당하는 것을 발견하고 장치를 제거한 것이다.

—어떻게 할지 명령하십시오.

"대기하라."

선우는 짧게 말하고 무전을 끊었다.

혜령도 무전을 들었기 때문에 표정이 돌처럼 굳었다.

"이제 어캄까?"

선우는 레미 이백 명이 평양으로 잠입했을 경우 무슨 일이 벌어질 것인지 예상해 보았다.

현청하는 제일 먼저 이영국과 최중희 등의 행방을 찾아내려고 할 것이다.

그래서 그들을 찾아내지 못한다면?

선우는 자신이 현청하의 입장이 되어 그녀의 다음 행보를 추측해 보았다.

처음에는 이영국과 최중희 등이 작당해서 현청하를 엿 먹이는 것이라고 짐작했는데 그게 아니다. 그들이 감쪽같이 증발해 버린 사실을 알아낸다.

그렇다면 현청하는 새로운 세력이 이영국 등을 축출했다고 판단할 것이다.

그러면 현청하의 다음 행동은 새로운 세력이 누군지 알아내고 그를 테러, 혹은 린치하는 것이다.

선우의 계획은 이영국 등 마현가 세력을 깡그리 몰아내고 차동희 등 신진 세력을 전면에 내세우는 것이다.

그렇다면 현청하의 표적은 차동희가 된다.

현재 차동희 등은 군부를 완전히 장악하는 것과 동시에 전면에 나선다는 계획이다.

선우는 권보영에게 전화를 걸었다.

—여보.

권보영의 반가운 목소리가 흘러나왔다.

"내 말 잘 들어."

선우의 목소리가 단단하게 굳었다.

그는 현재의 급박한 상황에 대해서 빠르게 설명했다.

—기럼 그 에미나이들을 잡아 죽이면 될 거이 아임까?

권보영으로서는 당연한 말을 했다.

"그럴 상황이 아냐. 그러니까 군부를 장악해도 차동희더러 아직 전면에 나서지 말라고 해."

—여보, 저는 잘 이해를 못 하갔습다.

"양각도호텔에 있는 여자가 마현가의 이인자야. 실력이 굉장하다는 말이야. 알아들어?"

—기렇슴까?

그제야 권보영이 한풀 꺾였다.

—나그네하고 그 에미나이하고 싸우면 어케 됨까?

선우는 거짓말을 할 수밖에 없게 됐다.

"누가 이길지 알 수 없어."

선우는 현청하를 이길 자신이 있지만 왜 이래야 하는지를 굳이 권보영에게 설명할 필요는 없었다.

—그 정도임까?

"그래. 그러니까 내 말대로 해. 군부 장악하는 것까지만 하고 다들 웅크리고 있어. 알았지?"

—알갔습다.

대답하고 나서 권보영이 물었다.

—기런데 언제까지 기다려야 하는 거임까?

"내가 그 여자를 처리할 거니까 기다려."

—알갔습다.

권보영은 항상 마지막 말을 잊지 않았다.

—나그네, 조심하기요. 사랑함다.

선우는 전망대 레스토랑 화장실에 들러서 거울을 자세히

들여다보았다.

40대 중반의 잘생긴 미남 얼굴이 거울에 비춰졌다. 그는 오늘 아침에 더 신경 써서 변장했다. 혹시 현청하하고 마주칠 일이 생길지도 모르기 때문이다.

그가 화장실에서 나오는 걸 보고 입구에서 기다리고 있던 혜령이 살짝 미소를 지었다.

혜령은 선우가 직접 행동에 나서는 것이라고 짐작하여 매우 기분이 좋아졌다.

선우를 신처럼 믿고 있는 혜령은 그가 나서기만 하면 마현가의 두 여자가 아무리 강하다고 해도 간단하게 처리할 수 있을 것이라고 생각했다.

두 사람은 전망대 레스토랑에서 엘리베이터를 타고 한 층 아래인 특실 층 46층에서 내렸다.

좌우를 살피던 선우와 혜령은 오른쪽을 보다가 둘 다 동시에 움찔 놀랐다.

오른쪽 복도 저만치에서 현청하와 현도도 두 여자가 엘리베이터 쪽으로 나란히 걸어오고 있었기 때문이다.

거리는 15m 정도. 선우는 혜령의 팔을 잡고 현청하 쪽으로 이끌었다.

그녀들을 등지고 걸을 수도 있지만 스쳐 지나가면서 현도도에게 최면을 걸어볼 생각이다.

선우와 혜령, 현청하와 현도도 네 사람이 서로 마주 보면서 걸어가기 시작했다.

복도는 그리 넓지 않아서 네 명이 나란히 지나가지 못해 한쪽이 비켜야 하는 상황이다.

거리가 점점 가까워지자 선우는 갈등했다.

아예 현청하에게 최면을 걸어볼까 하는 생각이 들었으나 곧 타깃을 현도도로 정했다.

현청하는 마현가의 이인자인 만큼 대단한 능력의 소유자이다. 만약 그녀에게 최면을 시도하다가 먹히지 않으면 곤란한 상황에 처하고 만다.

선우는 일부러 두 여자 정면으로 부딪칠 것처럼 똑바로 걸어갔다.

혜령은 선우가 어쩌면 지금 여기에서 끝장을 볼지도 모른다고 생각하여 바짝 긴장해 언제든지 품속의 권총을 뽑을 태세를 갖추었다.

거리가 5m로 가까워졌다. 현청하와 현도도는 자신들의 정면에서 부딪칠 것처럼 마주 걸어오는 선우를 차갑게 굳은 표정으로 쏘아보았다.

선우는 현도도의 눈만 주시했다. 최면을 걸려면 3m까지 가까워져야 한다.

그러나 만약 현도도가 뛰어난 능력자라면 그보다 더 가까운 거리여야만 하고 좀 더 오래 눈이 마주쳐야 한다. 오래라고 해봐야 2초 정도이다.

선우는 현도도를 직시하고 있는데 현청하가 그를 바라보고 있었다. 그의 모습이, 그리고 눈빛이 매우 낯익다고 생각했기 때문이다.

거리가 3m로 가까워졌고 선우와 현도도의 시선이 정면으로 맞부딪쳤다.

그렇게 2초만 지나면 된다. 그래서 선우는 일부러 도발적인 표정과 눈빛으로 현도도를 쏘아보았다.

그런 눈빛이면 그녀가 시선을 피하지 않을 것이라고 생각했기 때문이다.

1초가 지나고 1초만 지나면 된다.

현도도의 눈빛이 흐려지고 있다.

"차 대기시켰어?"

그때 현청하가 말하자 현도도는 즉시 선우에게서 시선을 거두고 그녀를 쳐다보았다.

"대기시켰습니다."

마지막 순간에 최면은 실패했다. 선우는 부딪치기 직전에 혜령을 벽 쪽으로 밀어 두 여자가 지나갈 수 있도록 공간을 열어주었다.

그러나 선우는 이대로 물러설 생각이 없었다. 현도도 옆을 스쳐 지나가는 순간 그는 슬쩍 손목을 흔들어서 공기를 압축하여 현도도의 코와 입을 동시에 막아버렸다.

몇 걸음 걸어가던 현도도가 갑자기 손으로 자신의 코와 입을 문지르면서 비틀거렸다.

코와 입이 막혀서 신음 소리조차 낼 수가 없기 때문에 그녀는 눈을 부릅뜨고 자신의 코와 입을 가린 그 무엇을 떼어내려 버둥거렸다.

현청하가 깜짝 놀라서 걸음을 멈추고 현도도를 붙잡았다.

"도도야, 왜 그래?"

그러나 현도도는 눈에서 눈동자가 사라지고 흰자위만 가득하더니 몸을 부들부들 떨면서 뒤로 쓰러지기 시작했다.

"도도야!"

현청하는 자신의 유일한 친구이며 심복인 현도도의 갑작스러운 발작에 소스라치게 놀라 그녀가 쓰러지지 못하게 안은 채 어쩔 줄을 몰라 했다.

"당장 바닥에 눕히기요!"

그때 선우가 급히 다가오면서 소리쳤다. 물론 목소리를 바꾸고 함경도 사투리를 사용했다.

현청하는 경황 중에도 선우를 쏘아보았다.

선우는 현청하에게서 현도도를 빼어 바닥에 눕혔다.

"나는 의사요. 이 사람은 기도가 막힌 것 같슴다."

의사라는 말에 현청하는 현도도를 놔주고 선우가 하는 대로 지켜보았다.

선우는 현도도를 바닥에 눕혔지만 아직 코와 입을 막은 공기 막을 제거하지 않았다. 더 극적인 효과를 노리기 위함이다.

현도도는 눈이 완전히 흰자위로 변하고 입을 크게 벌렸으며 사지를 푸들푸들 떨어댔다.

누구든지 그런 모습을 본다면 당황하고 공포심을 느끼게 마련이다. 하물며 가까운 사람이라면 패닉 상태가 될 것이다. 지금 현청하가 그랬다.

선우가 그녀의 입을 벌리고 입안을 살피는 척하는데 그 광경을 보는 현청하가 눈물을 흘렸다.

"어서 도도를 살려줘요! 죽어가고 있잖아요!"

현청하의 그런 행동은 선우가 익히 알고 있는 순박하고 선한 모습 그대로이다.

혜령은 현청하의 다급하고 애절한 모습을 보면서 자신이 지금껏 그녀를 잘못 생각하고 있었다는 사실을 깨달았다.

선우는 그제야 공신기를 거두어 현도도의 코와 입을 가린 공기 막을 제거했다.

그렇지만 꽤 오래 호흡하지 못한 현도도는 자력으로 숨을 쉬지 못하고 몸이 경직되고 있었다.

선우는 극적인 효과를 노리려다가 외려 현도도를 죽이게

생겼다고 약간 후회했다.

그는 급히 현도도의 턱을 잡아 위로 들고 다른 손으로는 코를 막은 다음 자신의 입으로 현도도의 입을 덮고 구강 대 구강 호흡법, 즉 인공호흡을 시도했다.

"후우욱! 후우욱!"

한동안 그런 후에 입을 떼고 두 손을 포개 가슴을 압박하고는 또다시 재차 인공호흡을 했다.

그때 현도도가 눈을 번쩍 떴다. 그녀는 누군가 자신의 입을 막고 있는 것을 깨달았다.

선우가 입을 떼고 다시 가슴을 압박하자 현도도는 갑자기 숨을 거세게 들이쉬었다.

"하아악!"

선우는 그녀의 눈을 똑바로 내려다보면서 말했다.

"내 눈을 봐요."

초점 없는 현도도의 눈이 이리저리 부유하더니 마침내 선우의 눈을 바라보았다.

제44장
새날이 밝았다

선우는 양각도호텔 일 층 로비 화장실로 들어갔다.

그가 소변을 보고 나서 세면대에서 손을 씻고 있는데 문이 열리더니 현도도가 들어왔다.

남자 화장실이지만 최면이 걸린 현도도는 그런 건 상관하지 않고 선우에게 다가와 공손한 자세를 취했다.

"부르셨습니까?"

아까 선우가 현도도에게 일 층 로비 화장실로 오라고 명령했기 때문이다.

선우는 손을 닦으며 물었다.

"청하는 어디 있지?"

"로비에서 커피를 마시고 계십니다."

현도도는 몽연한 표정을 지었다.

"저를 살려주셨지요. 생명의 은인이십니다."

그녀는 최면에 걸리기 직전의 기억을 갖고 있다. 눈을 떴을 때 선우가 그녀에게 입을 맞춘 상태에서 인공호흡을 하고 있었으며, 그다음에는 손으로 가슴을 압박했다. 그 직후에 그녀는 호흡이 터져서 크게 숨을 몰아쉬었다.

그 기억이 너무도 강렬하고 생생한 탓에 최면이 걸린 후에도 불도장에 찍힌 화인(火印)처럼 그녀의 뇌리에 각인되어 있는 것이다.

선우는 대변보는 세 군데 중 한 군데로 들어갔다.

"이리 와라."

현도도는 남자 화장실에 들어왔지만 조금도 개의치 않고 선우를 따라 대변보는 곳으로 들어왔다.

그러나 그곳은 좁아서 마주 서 있기가 불편했다. 두 사람이 마주 보고 서 있을 수도 없으며, 서 있으니 키가 큰 선우의 머리가 칸막이 위로 불쑥 나왔기 때문에 밖에서 보일 것이다.

선우는 변기에 앉고 나서 현도도를 자신의 무릎에 앉혔다. 서로 얼굴을 봐야 하기에 옆으로 앉혀서 현도도가 상체를 틀도록 했다.

그때 화장실 안으로 누군가 들어오는 기척이 났다. 조금 전에 선우가 확인했을 때 화장실 안에는 아무도 없었다.

들어온 사람은 대변보는 곳을 확인하더니 첫 번째로 들어갔다. 선우와 현도도는 한 칸 건너 세 번째 마지막 칸에 앉아 있다.

그 사람이 끙끙거리면서 대변보는 소리가 들렸다.

선우는 그 사람이 볼일을 다 보고 나갈 때까지 기다릴 수가 없어서 현도도의 허리를 잡고 자신 쪽으로 바짝 끌어당기고는 귀에 대고 나직하게 속삭였다.

"북한에 잠입하는 레미에 대해서 설명해 봐라."

현도도는 즉시 대답했다.

"이백 명이 들어……."

선우는 깜짝 놀라서 급히 입으로 현도도의 입을 덮었다.

현도도는 선우보다 더 놀란 얼굴로 눈을 동그랗게 뜨고 가만히 있었다.

선우의 두 손은 현도도의 허리를 안고 있기 때문에 급히 그녀의 입을 막으려면 입으로 덮는 방법이 가장 빨랐다. 그녀가 갑자기 보통 대화하는 듯한 목소리를 냈기 때문에 제지할 수밖에 없는 상황이었다.

선우는 그 상태로 가만히 있으면서 저쪽 화장실의 반응에 청각을 곤두세웠다.

현도도는 현청하의 사촌 언니이며 마현가의 직계 혈통으로 나이는 24세. 현청하보다 한 살 많고 선우하고는 동갑이다.

외모가 현청하하고 많이 닮은 현도도는 또 다른 매력을 지니고 있었는데 오만함, 고고함, 도도함이라고 할 수 있었다.

사실 현도도의 성격은 현청하하고 비슷한데 거기에 대단한 오만함이 더해진 것이다.

평소 남자 알기를 발가락에 낀 때만큼도 여기지 않는 그녀였지만 지금은 선우에게 완전히 무장해제된 상태였다.

선우는 현도도를 손톱만큼도 여자로 여기지 않지만, 현도도는 상황이 이렇게 진행되다 보니 최면에 걸린 상태에서도 방심(芳心)이 크게 흔들렸다.

선우는 입술을 떼면서 속삭였다.

"사람이 있으니까 아주 작게 말해."

"알았어요."

입술을 떼기는 했지만 간격이 2, 3㎝밖에 되지 않아서 말을 할 때마다 두 사람의 입술이 맞닿고 입김이 고스란히 전해져 그게 입술을 붙이고 있는 것보다 오히려 더 자극적인 느낌을 주었다.

현도도는 선우가 시키지 않았는데도 지금보다 좀 더 가깝게 귓속말을 하기 위해 그와 마주 보는 자세로 다리를 벌리고 바싹 다가앉았다.

"레미는 두 방향에서 배와 잠수함을 타고 침투하는데 서해안 귀성리를 통해서 배로 오는 건 중국군 특수부대 흑랑표이고, 동해안 원산으로 잠수함을 타고 침투하는 건 일본 육상자위대 특전군 소속이에요."

이어서 현도도는 레미가 침투하는 위치에 대해서 자세히 설명해 주었다.

"이제 됐다."

선우가 알고 싶어 한 것은 다 알아냈다. 그는 저쪽 화장실의 기척을 살폈지만 나직하게 끙끙거리는 소리만 날 뿐 금세 나올 것 같지 않았다.

"가자."

그는 현도도를 일으키고 자신도 일어나서 대변보는 곳에서 나와 화장실 입구로 걸어갔다.

그가 화장실 문을 열었을 때 뒤쪽에서 남자가 대변보는 곳에서 나오고 있었다.

선우는 재빨리 현도도를 붙잡아 화장실 밖으로 밀어내고 자신은 느긋하게 나갔다.

"내 눈을 봐."

남자 화장실과 약간 떨어진 곳에서 선우는 현도도와 마주 서서 그녀에게 주문했다.

그러고는 강력한 최면을 걸면서 속삭였다.

"내가 너의 주인이다. 내가 부르면 너는 언제라도 내게 와야만 한다."

"네."

"현청하에게 돌아가서 평소처럼 행동해라."

현도도는 수줍은 미소를 짓더니 갑자기 선우에게 입맞춤을 하고는 로비 쪽으로 빠른 걸음으로 걸어갔다.

선우는 그 자리에 서서 멀어지는 현도도의 뒷모습을 물끄러미 쳐다보았다.

'뭐였지, 방금 전 현도도의 입맞춤은?'

최면이 걸린 상태에서 현도도가 어째서 선우에게 입맞춤을 한 것인지 모르겠다.

현도도가 질식사하기 직전에 선우가 인공호흡을 한 것을 그녀가 깨어나면서 목격했기 때문에 그에게 연정을 품게 된 것인가? 아니면 조금 전 화장실 안에서의 일 때문인가?

선우로선 이런 경우가 처음이라서 생뚱맞은 기분이었다.

어부산저수지 관리소로 선우의 부름을 받고 권보영과 최창식이 왔다.

선우는 혜령과 최창식을 소파에 앉혀두고 권보영을 데리고 방으로 들어갔다.

"흐응, 보고 싶었습다."

침대에 나란히 걸터앉자마자 권보영이 선우에게 안겨들면서 키스를 했다.

선우가 권보영을 침실로 따로 부른 것은 그녀에게 최면을 건 것이 오늘로 3일째라서 풀렸을지도 모르기 때문에 최면을 새로 걸기 위해서였다.

선우가 권보영의 눈을 봤을 때 염려한 대로 그녀의 최면은 풀려 있었다.

그런데도 그녀는 최면이 걸렸을 때와 조금도 다름없이 행동하고 있었다.

권보영은 선우의 혀를 빨면서 불분명한 어조로 속삭였다.

"지금 빨리 한번 해주기요. 하고 싶어. 흐응……."

선우는 권보영의 뺨을 잡고 입술을 떼어낸 후 그녀를 빤히 바라보았다.

눈을 들여다보니 그녀의 최면을 풀린 게 분명했다. 눈을 보면 최면 상태인지 아닌지 알 수가 있다. 그런데 어째서 그녀는 변함없는 행동을 하고 있는 것인가.

"보영아."

"네."

"내가 누구지?"

권보영은 선우의 허벅지에 다리를 벌리고 마주 보는 자세로 앉아서 그의 목에 매달렸다.

"누구기는… 저의 주인님이고 나그네임다. 하앙… 어서……."

한 사람에게 최면을 여러 번 걸면 최면이 풀려도 최면 상태가 유지되는 것인지, 아니면 권보영의 현실과 최면이 뒤엉켜서 현실과 최면 상태가 혼재되어 있는 것인지 모를 일이다.

선우는 권보영과 최창식을 이곳으로 부른 이유에 대해서 아직 말하지 않았다.

아니, 그걸 설명했다고 해도 권보영은 지금처럼 둘이 있게 되면 섹스를 해달라고 보챘을 것이다.

결국 선우는 아주 짧게 권보영의 바지만 벗겨서 만족시켜 준 후 침실에서 나왔다.

권보영에게 최면을 다시 걸지는 않았다. 구태여 그럴 필요가 없을 것 같았기 때문이다.

그리고 최면이 풀린 상태에서 이런 상황이 얼마나 유지되는지 시험해 보고 싶기도 했다.

섹스는 최면 대신이다.

혜령은 선우와 권보영이 침실에서 무엇을 하고 나왔는지 즉시 짐작했다.

짧은 섹스를 하는 동안 권보영은 신음 소리를 내지 않으려고 기를 썼으며 다행히 침실 밖으로 아무 소리도 새어 나가지 않았다.

그렇지만 혜령은 여자의 감으로, 그리고 선우를 사랑하고 있는 애정의 레이더로 선우와 권보영이 침실에서 짧은 사랑을 나누었다는 사실을 알아차렸다. 그렇지만 질투심은 조금도 느껴지지 않았다.

거실 소파에 둘러앉아 선우를 비롯한 네 사람은 긴급회의에 들어갔다.

오늘 밤에 마현가의 군대 레미 200명이 북한에 침투할 것이라는 사실을 알고 나서 권보영과 최창식은 크게 놀랐으며 또 분노했다.

"어떻게 했으면 좋겠나?"

선우의 물음에 권보영은 생각할 것도 없다는 듯 화난 얼굴로 대답했다.

"죄다 죽여 버려야 함다! 배하고 잠수함은 침몰시키는 거이 당연함다!"

최창식이 고개를 끄떡였다.

"제 생각도 국장 동지하고 같습다. 그것들이 감히 여기가 어디라고 침투를 한다는 거임까?"

권보영은 눈을 새파랗게 빛내면서 주먹을 쥐고 흔들었다.

"중국하고 일본이 우리 공화국을 얼마나 같잖게 봤으면 특수부대를 보낸다는 거임까? 그거이 우리하고 전쟁을 하자는 거이 아니고 뭐라는 말임까?"

"중국하고 일본이 아니라 마현가의 군대야."

"어쨌든 기런 것들은 싹 다 죽여야 한다는 거이 제 생각임다. 최창식이 너도 그렇지 앙이 하니?"

"그렇슴다. 중국하고 일본이든 마현가든 까뭉개서리 공화국을 함부로 봐서는 앙이 된다는 사실을 온 세상에 알려야 한다고 생각함다."

중국 배와 일본 잠수함이 특수부대를 태우고 북한 서해안 귀성리 앞바다와 동해안 원산 앞바다까지 들어온다는 것은 북한에 대한 명백한 침략 행위이다.

그러므로 배와 잠수함을 침몰시키고 특수부대원들을 전원 몰살시킨다고 해도 중국이나 일본으로서는 아무 항변도 하지 못할 것이다.

중국 배는 그렇다 치더라도 일본 잠수함 가장 큰 것이 4,200톤인 슈퍼 소류급이다.

소류급의 개량형이며 리튬전지를 사용하기 때문에 수면 위로 부상할 필요가 없다는 것이 가장 큰 장점이다. 그래서 소류급 앞에 슈퍼라는 이름이 붙었으며, 이 잠수함이 디젤 잠수함의 새로운 역사를 쓰고 있는 것으로 알려졌다.

그렇지만 제아무리 슈퍼 소류급이라고 해도 기존의 승무원 외에 특수부대원을 척당 50명 이상 태우지는 못한다. 그러니까 원산 앞바다로 일본 육상자위대 특전군 100명을 태우고 침투하려면 슈퍼 소류급 잠수함 두 척이 필요할 것이다.

그리고 특전군 100명을 해안에 침투시키려면 잠수함이 반드시 수면 위로 부상해야 할 것이다.

"이렇게 하자."

선우가 말을 꺼냈다.

"특수부대원들은 모조리 생포하고 배와 잠수함은 격침시키는 거다."

권보영이 뭐라고 말하려는 것을 선우가 손을 들어 제지하고 말을 이었다.

"더 좋은 방법이 있지만 너희 둘이 배와 잠수함을 격침시키기를 원하니까 그렇게 하자."

권보영이 궁금한 얼굴로 물었다.

"더 좋은 방법이라는 거이 뭐임까?"

"잠수함을 나포해서 우리가 갖는 거야."

권보영과 최창식이 눈을 번쩍 떴다.

"기런 방법이 있슴까?"

"일본 슈퍼 소류급 잠수함은 최신형이고 4,200톤이야. 그런 게 두 척이 올 테니까 그걸 나포해서 우리가 사용하는 거지. 한 척당 30억 달러나 나가는 잠수함이야."

"기래도 되는 거임까?"

"우리 바다에 들어왔으면 우리 거야. 일본으로선 돌려달라고 하겠지만 침략 행위를 하다가 나포됐기 때문에 국제법상 돌려주지 않아도 돼."

권보영과 최창식은 두말할 것도 없이 찬성했다.

"기럼 길케 하는 거이 좋갔습다. 저는 찬성입다."

"일본의 4,200톤 최신식 잠수함 두 척이 우리 것이 되다니 상상만 해도 굉장합다."

밤 2시 24분. 평안남도 온천읍 귀성리 앞바다 5㎞ 해상.

달도 없는 칠흑 같은 밤바다에 7백 톤짜리 어선 한 척이 불을 모두 끈 상태로 떠 있다.

어선 아래 수면에는 꽤 많은 고무보트가 떠 있으며 각 보트에는 11명씩 북한 인민복 차림의 사내들이 타고 있었다.

중국군 특수부대원들이며 북한 침투를 위해서 인민복을 입고 있는 것이다.

부우우.

고무보트가 한쪽 방향을 향해서 그리 빠르지 않은 속도로 나아가는데 모터 소리가 거의 나지 않았다.

*　　　*　　　*

10분 후, 10척의 고무보트가 해안가에 차례로 닿았다.

지금은 밀물 때라서 기나긴 갯벌이 바다 아래에 잠겨 있으며, 110명의 중국군 특수부대원들은 갯벌에 발을 더럽히지 않고서도 단번에 해안가에 상륙할 수 있었다.

10대의 고무보트에 한 명씩을 남겨두고 내린 100명은 야트막하게 길게 이어진 언덕 위쪽을 향해서 경기관총을 등에 메고 민첩한 동작으로 달려 올라갔다.

그리고 특수부대원들을 내려준 10척의 고무보트는 방향을 바꿔서 다시 바다 쪽으로 달려갔다.

파파파팍!

그때 느닷없이 바다 쪽을 제외한 삼면에서 강렬한 빛이 비춰져 언덕을 대낮처럼 환하게 밝혔다.

"아앗!"

"우왓!"

중국군 특수부대원들은 달리다가 말고 일제히 멈춰서 사방을 둘러보며 당황해 어쩔 줄을 몰랐다.

삼면에서 수십 개의 서치라이트가 언덕을 비추고 있어서 중국군 특수부대원들 쪽에서는 강렬한 불빛 외에는 아무것도 보이지 않았다.

그때 여러 대의 고성능 스피커에서 중국어 경고 방송이 왕왕거리면서 터져 나왔다.

—무기를 버리고 두 손을 들고 일어서라! 저항하면 사살하겠다! 반복한다! 무기를 버리고 두 손을 들고 일어서라! 저항하면 사살하겠다!

특수부대원들은 우왕좌왕하면서 바다 쪽을 쳐다보았다. 어선으로 돌아가고 있던 10척의 고무보트들은 가다 말고 바다에 멈춘 채 언덕을 쳐다보고 있었다.

경고 방송이 다시 흘렀다.

—다섯을 셀 동안 무기를 버리지 않으면 사살하겠다! 다섯을 셀 동안 무기를 버리지 않으면 사살하겠다!

그리고는 수를 세기 시작했다.

셋까지 셌을 때 특수부대원 지휘자가 소리쳤다.

"모두 무기를 버리고 두 손 들고 일어서라!"

명령이 떨어지자 특수부대원들은 일제히 경기관총을 버리고 일어나면서 두 손을 머리 위로 쳐들었다.

쿠투투투투툿!

온천읍 근처에서 날아오른 북한 공군 공격 헬기 두 대가 귀성리 앞바다를 향해 전속력으로 날아갔다.

언덕 위에 무기를 버리고 두 손을 들고 있는 중국군 특수부대원 100명은 바다를 향해 쏜살같이 날아가는 두 대의 공격 헬기를 착잡한 표정으로 바라보았다.

두 대의 공격 헬기가 이제부터 무엇을 할 것인지 짐작하기에 마음이 착잡하기 짝이 없었다.

그리고 어선을 향해 돌아가고 있는 10척의 고무보트에 타고 있는 10명도 자신들의 머리 위로 스쳐 날아가는 공격 헬기를 올려다보았다.

두 대의 공격 헬기는 이륙한 지 5분도 지나지 않아 바다에 떠 있는 7백 톤급 어선 위에 도착했다.

고무보트의 무전 연락을 받은 어선에서는 사람들이 갑판으로 나와서 공격 헬기를 향해 커다란 흰 천을 흔들었다. 항복하니까 공격하지 말하는 신호였다.

투카학!

공격 헬기 한 대에서 로켓탄이 발사되어 곧장 어선으로 쏘아갔으며, 다른 공격 헬기도 로켓탄을 발사했다.

콰광! 꽈드등!

어선에서 폭음이 터지더니 두 개의 불기둥이 솟구쳤다.

뒤이어 두 대의 공격 헬기가 정지 비행을 한 상태에서 어선을 향해 기관포를 뿜어댔다.

투투타타탓!

잠시 후 어선에서 불길이 치솟아 올랐다.

그리고 어선에서 사람들이 마구 바다로 뛰어들었다.

두 대의 공격 헬기는 거센 불길에 휩싸인 어선 위를 한 바퀴 돌고는 해안 쪽으로 날아갔다.

공격 헬기는 바다에 뛰어든 사람들이나 고무보트에 탄 사람들은 신경도 쓰지 않고 가버렸다.

어차피 고무보트를 타고는 서해 바다를 건너서 중국까지 가지 못할 테니까 이쪽 귀성리 해안으로 돌아올 수밖에 없을 테고, 그때 생포하면 되는 것이다.

이것으로 서해안으로 침투하려던 중국군 특수부대는 깨끗하게 해결됐다.

일본 해상자위대 소속 잠수함 두 척이 원산 앞바다 물속으로 미끄러져 들어왔다.

잠수함이라는 것은 아무리 눈에 불을 켜고 지켜도 적진 속을 마음대로 누비고 다닌다.

잠수함은 수면으로 떠오르지 않고 물속에 있는 한 절대로 발각되지 않는다.

바다는 넓다. 특히 우리나라 동해는 넓으면서도 깊기 때문에 다른 국가에서 잠수함으로 침투한다면 절대로 발견하지 못한다.

더구나 북한이 보유한 제2차세계대전 당시에 사용하던 유물 같은 고물 디젤 잠수함 수십 대 갖고는 일본의 최첨단 슈퍼 소류급 잠수함을 레이더든 소나든 그 어떤 방법으로도 발견하는 것은 기적 같은 일이다.

잠수함이 발각될 때는 단 한 가지 경우인데, 수면 위로 떠올랐을 때뿐이다.

디젤 잠수함은 동력을 얻기 위해서 반드시 수면에 부상할 수밖에 없다.

디젤 잠수함은 디젤엔진을 돌려서 동력을 얻는다. 하지만 물속에서는 디젤엔진을 가동하지 못한다. 그랬다가는 디젤엔진 가동 시에 발생하는 이산화탄소 때문에 승무원들이 모두 질식해서 사망하고 말 것이다.

그래서 미리 배터리에 충전을 하는데 그게 다 소진되면 그걸 충전하기 위해서 디젤엔진을 가동해야 하고, 그러기 위해서는 수면 위로 부상해야만 한다. 이것을 스노클링이라고 한다.

바로 이때가 디젤 잠수함이 가장 취약한 상황이며 적의 공격에 무방비 상태가 된다.

하지만 일본의 슈퍼 소류급 잠수함은 기존의 납전지 배터리 대신 리튬 이온 배터리를 사용하는 공기불요추진(AIP) 방식이기 때문에 잠항 시간이 엄청나게 늘어나 최소 4주 이상 물속에서 떠오르지 않을 수 있었다.

이럴 경우 북한의 형편없는 잠수함들과 레이더로는 죽었다가 깨어나도 슈퍼 소류급 잠수함을 찾아내지 못한다.

그렇지만 제아무리 최첨단 슈퍼 소류급 잠수함이라고 해도 어디로 침투하는지를 알게 되면 얘기는 달라진다.

레이더가 그 해역에 집중적으로 그물을 쳐놓고 있는 상황에서 잠수함이 들어오면 걸려들 수밖에 없다.

새벽 2시 35분.

손을 내밀어도 보이지 않을 정도로 캄캄한 바다의 수면이 일렁거리면서 거대한 물체가 추호의 기척도 없이 떠올랐다.

시커멓고 거대한 물체는 다름 아닌 일본의 슈퍼 소류급 잠수함 두 척이다.

잠시 후 30m 간격으로 나란히 부상한 두 척의 잠수함에서 고무보트가 내려지고 일본 육상자위대 특전군 110명이 일사불란하게 옮겨 탔다.

10척의 고무보트가 3㎞ 거리의 해안을 향해 저속으로 수면 위를 미끄러졌다.

고무보트들이 잠수함에서 300m쯤 멀어졌을 때 갑자기 사방에서 서치라이트가 밝혀졌다.

쩌껑! 쩡! 파파파팍!

아직 해치를 닫지도 못하고 잠수 준비조차 하지 못한 잠수함에서는 느닷없는 상황에 난리가 났다.

잠수함 선체에 각 10여 명이 내려와 있으며 함교의 해치에도 함장을 비롯한 장교 3명이 있는 상황이다.

서치라이트는 두 척의 잠수함에서 3㎞ 떨어진 거리에서 비추고 있었다.

하지만 너무 강한 불빛이라 잠수함에서는 아무것도 보이지 않았다.

해안에서도 바다를 향해 서치라이트를 비추고 있어서 해안으로 향하던 고무보트들은 일제히 정지한 채 우왕좌왕하고 있는 중이다.

잠수함 해치에서는 함장과 장교들이 패닉 상태에 빠져서 뭐라고 악을 쓰면서 명령을 내리고 있었다.

쿠우우! 부아아!

그때 요란한 소리가 나더니 잠수함 사방에서 경비정 10여 척이 나타났다.

경비정들은 두 척의 잠수함을 에워싼 채 기관포와 함포를 겨누고 있었다.

그러고는 일본어로 경고 방송이 쏟아졌다.

—함 내에 있는 전 승무원은 지금 당장 밖으로 나와라! 불응하면 격침시키겠다! 전 승무원은 밖으로 나와라! 불응하면 격침시키겠다!

그러나 선체에 있는 승무원들은 다급하게 선체의 해치를 열고 함 내로 들어가려 아우성을 쳤으며, 함교의 장교들도 뭐라고 계속 악을 썼다.

경비정에서 경고사격을 가했다.

콰콰콰콰콰! 콰투투투툿!

두 척의 잠수함 주변에서 물보라가 튀어 올랐다.

승무원들의 동작이 뚝 멈추었다.

잠수함이 잠수를 하려면 시간이 필요하다. 최소한 3분 정도의 시간이 주어져야 잠수가 시작되고, 이곳에서 벗어나려면 10분 이상이 필요하다.

―마지막 경고다! 함 내의 승무원은 모두 밖으로 나와라! 불응하면 격침시키겠다!

경고와 함께 이번에는 기관포가 아니라 경비정의 함포가 불을 뿜었다.

투쿵! 투쿵!

푸하악! 촤아악!

두 척의 잠수함 전후좌우에서 물보라가 20m 이상 높게 솟구쳤다가 쏟아지는 바람에 잠수함 선체 위에 있던 승무원들은 물보라를 뒤집어썼다.

각 잠수함의 함장들은 난감한 표정으로 어쩔 줄을 몰랐다.

그러나 이런 상황에서는 어떻게 해볼 방법이 없다.

각 잠수함의 승무원만 해도 80명씩 160명이고, 특전군 대원 110명까지 합치면 270명이다.

살아 있으면 어떻게든 방법이 있겠지만 여기에서 죽으면 그야말로 개죽음일 뿐이다.

함장들끼리 무전으로 뭔가 교신을 하더니 함 내의 승무원들에게 모두 밖으로 나오라고 명령을 내렸다.

이렇게 일본의 최첨단 슈퍼 소류급 잠수함 두 척이 원산 앞바다에서 나포됐다.

선우는 어부산저수지 관리소에 있다가 권보영으로부터 승전보를 전해 들었다.

—여보! 나그네! 일본 잠수함 두 척이 우리 거이 됐습다! 이거이 꿈인지 생신지 실감이 앙이 납다!

“서해안 귀성리는 어떻게 됐어?”

소파에 나란히 앉아서 맥주를 마시고 있던 혜령은 선우가 벌떡 일어나는 바람에 놀라서 따라 일어섰다.

—배는 격침시키고서리 떼 놈들은 모두 생포했습다!

권보영은 신이 나서 목소리가 쨍쨍했다.

“잠수함 두 척 따로 챙겨놔.”

—무슨 말씀임까?

“생각해 봤는데 그거 누구 주기 아까워. 보영인 그렇게 생각하지 않아?”

—그런 생각 앙이 했는데 나그네 말씀을 들으니까 참말 그

렇구만요. 어쩔 생각임까?

"그 잠수함, 북한도 남한도 아닌 우리가 갖자는 거야."

—아, 고거이 기가 막히는 방법임다!

선우는 소파에 앉았다.

"북한 잠수함부대에서 최정예 장교와 병사들을 선발해 나포한 슈퍼 소류급 잠수함 두 척을 완벽하게 운용하도록 훈련시키라고 해."

—기래서 어캅니까?

"훈련이 끝나면 잠수함 두 척과 승무원들을 우리가 데려가는 거야."

—승무원까지 말임까?

"그래. 우리 회사 직원이 되는 거지."

—걔네들 사상 검사 앙이 해도 되갔슴까?

"그런 건 필요 없어. 나중에 내가 데려갈 때 그들에게 자세히 설명해 주고 갈 사람과 남을 사람을 정하면 돼."

—알갔슴다. 그렇게 알고 진행하갔슴다.

현청하는 실내를 오락가락하다가 걸음을 뚝 멈추고는 손톱을 물어뜯거나 입술을 잘근잘근 깨물다가 다시 실내를 오락가락하기를 반복했다.

"전화해 봐."

호텔 객실 창문 앞에서 왔다 갔다 하고 있는 현청하가 소파에 앉아 있는 현도도에게 말했다.

현도도는 긴장된 표정을 지었다.

"그래도 괜찮을까요?"

현청하는 걸음을 멈추고 벽시계를 봤다. 시곗바늘이 새벽 5시를 가리키고 있다.

"레미가 해안에 잠입해서 연락이 왔어야 할 시간이 한 시간 반이나 지났어. 뭐가 이상하지 않아?"

"이상하면 더욱 전화를 하지 말아야 하는 것 아닙니까?"

"알지만 궁금해서 못 참겠어. 해봐."

현도도는 현청하를 한 번 쳐다보고는 휴대폰을 꺼내서 어디론가 전화를 걸었다.

북한 서해 귀성리와 동해 원산 앞바다로 침투하는 특수부대 두 팀의 지휘자 중에서 일본 잠수함 쪽 함장에게 먼저 전화를 했다.

현도도는 일본에서 태어났고 어린 시절을 그곳에서 보냈기 때문에 일본 지휘자 쪽으로 먼저 마음이 갔다.

신호가 다섯 번 울리자 저쪽에서 누군가 받았다.

—모시모시.

현도도가 능숙한 일본어로 꾸짖듯이 물었다.

"어째서 연락하지 않은 거지?"

—해안에 침투하고 쥐도 새도 모르게 100명이 탈 차량을 탈취해서 평양까지 가는 일이 쉬운 게 아닙니다.

"오고 있는 중이야?"

—네. 트럭 3대로 이동하고 있습니다. 평양에 도착해서 어떻게 하면 됩니까?

"평양 외곽으로 사람을 보낼 테니까 그를 따라서 평양 시내로 들어오면 된다."

—알겠습니다. 도착하면 연락드리겠습니다.

현도도는 통화를 끝내고 살짝 미소 지으면서 현청하를 바라보며 보고했다.

"일본 팀은 원산에서 평양으로 오고 있는 중이랍니다."

현청하는 통화를 들었기 때문에 가볍게 고개를 끄떡이는데 조금 전보다 많이 진정된 표정이다.

현도도는 이어서 서해안 귀성리로 침투한 중국 팀 지휘자에게 전화를 걸었다.

중국 팀은 30분 후에 평양에 도착한다고 했다.

어쨌든 중국 팀과 일본 팀 둘 다 무사히 평양으로 오고 있었다.

현도도는 레미의 침투 위치와 시간에 대해서 선우에게 실토했지만 그저 그것으로 전부인 줄 알고 있었다.

최면이라는 것은 시술자가 묻는 대로 대답해 주는 것으로 끝날 뿐이지 그 이후에 어떻게 될 것인지에 대해서는 생각하지도 걱정하지도 않는다.

설사 북한에 침투하는 레미가 북한군에 붙잡혔거나 사살됐다고 해도 자기가 비밀을 실토했기 때문에 그런 일이 벌어졌다는 사실을 알지 못하는 것이다.

자신이 외부인에게 실토했다는 사실을 실토한 직후에 깡그리 망각하기 때문이다.

"중국 팀은 30분 후에 평양에 도착한답니다."

"됐어."

현청하는 이제야 안도하는 표정으로 살짝 미소를 지으면서 고개를 끄떡였다.

"변정태에게 연락해."

"알겠습니다."

현도도는 즉시 변정태라는 인물에게 전화를 했다.

* * *

북한에 침투한 일본 팀과 중국 팀은 이미 북한군에 전원 생포된 상황이다.

조금 전 현도도가 각 팀 지휘자에게 전화를 했을 때 그들은 각각 원산과 온천읍 보위부에서 전화를 받았다.

물론 보위요원들이 살벌하게 지켜보는 가운데 그들이 시키는 대로 전화를 받고 말했다.

만약 중국 팀과 일본 팀 지휘자들이 이상한 말을 하거나 수상한 낌새를 조금이라도 보였다면 지휘자가 아니라 부하들이 죽게 될 것이다.

지휘자들이 전화 통화를 하는 곳 한쪽 벽 아래에 부하 여러 명이 무릎을 꿇고 있으며, 보위요원들이 그들에게 소음 권총을 겨누고 있기 때문에 여차하면 갈겨 버렸을 것이다.

변정태의 계급은 대좌이며 평양방어사령부 휘하 2개 사단과 4개 여단 중에서 제1여단장이다.

현청하는 반년 전 평양에 왔을 때 북한을 좌지우지하는 최고 권력층 말고 실제로 군대를 움직이는 몇 명의 장교를 포섭하여 부하로 삼았는데 변정태는 그중 한 명이다.

변정태는 평양 원산 간 고속도로 평양 동쪽 외곽인 락원동으로 직접 나갔다.

평양 서쪽 외곽 대평동에는 두 시간 전에 부하를 내보냈다.

아까 부하로부터 무전이 왔는데 중국 팀과 접선하여 평양 시내로 들어가 은신처에서 대기하고 있는 중이라고 했다.

이제 변정태가 이쪽에서 일본 팀 100명을 데리고 평양 시내로 들어가면 된다.

변정태는 도로가에 세워놓은 다섯 대의 군용 트럭 앞에 있는 중국산 군용 지프에 타고 있었다.

그때 병사 한 명이 변정태가 앉아 있는 뒤 창문 밖에서 경례를 붙이며 보고했다.

“오고 있습네다!”

변정태는 느긋하게 지프에서 내려 어슬렁거리면서 도로 저쪽을 쳐다보았다.

텅 빈 고속도로에 과연 3대의 트럭이 일렬로 달려오고 있었고, 그것들은 군용 트럭이 아니라 일반 화물 트럭이며 뒤에는 포장이 쳐져 있다.

변정태 부하들이 달려오는 트럭들을 향해 이쪽 군용 트럭 뒤에 정지하라고 수신호를 보냈다.

트럭이 정지하고 인민복 차림의 남녀 두 명이 내려서 변정태에게 걸어왔다.

변정태는 가까이 다가온 남녀 중에 짙은 선글라스를 쓴 여자를 보고 미간을 찌푸렸다.

“여자가 있다는 말은 듣지 못했는데…….”

여자가 변정태를 똑바로 주시하며 말했다.

“나도 조선인민군에 너 같은 반역자가 있다는 말은 듣지 않이했다.”

“…….”

변정태는 여자가 조선말, 그것도 함경도 사투리를 유창하게 사용하자 어이없다는 표정을 지었다.

"너 새끼, 이름이 뭐니?"

"당신 뭐야?"

여자가 거침없이 욕을 하자 변정태는 와락 인상을 썼다.

여자가 풍만한 가슴을 내밀었다.

"나 말이네? 내래 권보영이야. 내 이름 들어봤니?"

"어……."

변정태는 뾰족한 창이 목을 찌른 것 같은 표정을 지으며 아무 말도 하지 못했다.

권보영의 옆에 서 있는 심복 이화승이 권총을 쥐고 변정태의 가슴을 찔렀다.

"이 반역자 새끼, 무릎 꿇라우."

변정태는 놀라서 두리번거리다가 더 놀라고 말았다. 방금 도착한 3대의 트럭에서 내린 무장한 수십 명의 보위부 병사들이 변정태의 부하들을 제압하고 있는 중이다.

변정태는 부하 20여 명을 데리고 왔지만 순식간에 제압당해서 트럭 옆에 무릎이 꿇렸다.

변정태의 얼굴이 사색으로 변해서 붉은 마녀 권보영을 쳐다보는데 몸이 저절로 부들부들 떨렸다.

정찰총국 35국으로 끌려온 변정태는 자신이 알고 있는 모든 사실을 술술 토해낼 수밖에 없었다.

고문을 당해서도 아니고 가족을 비롯한 3대를 총살시킨다는 위협을 받아서도 아니었다.

세상이 변했다는 사실을 알았기 때문이다. 그가 익히 알고 있는 북한 최고 권력 이영국과 최중희를 비롯한 마현가의 수족들이 모조리 체포당했으며 새로운 세력이 등장했다는 사실을 두 눈으로 똑똑히 확인한 것이다.

현도도는 변정태의 전화를 받았다.

"음, 그래, 알았다."

현도도는 변정태와 몇 마디 주고받은 후 통화를 끝냈다.

침실에는 침대가 두 개이며 각각 현청하와 현도도가 자고 있었다.

현도도가 통화하는 소리에 현청하가 잠에서 깨어 상체를 일으켰다.

"뭐래?"

"다 집결했다고 합니다."

"어딘데?"

"능라도종합경기장이라고 합니다."

현청하가 침대에서 내려왔다.

"가자."

"피곤하지 않으세요?"

현청하와 현도도는 레미 200명이 무사히 잠입에 성공하여 평양으로 오고 있다는 말을 듣고 새벽 6시가 돼서야 잠자리에 들었다.

지금이 오전 9시니까 기껏 3시간 남짓 잔 것이다.

"괜찮아."

피곤하기는커녕 이제부터 행동 개시라고 생각하니 없던 힘이 솟는 현청하이다.

현청하는 계획을 미리 다 짜두었다. 그 계획대로 하면 이영국과 최중희 등이 배신을 했는지, 아니면 다른 이유가 있는지 알아내는 것은 어렵지 않았다.

능라도종합경기장은 대동강의 섬들 중 하나인 능라도에 지어진 세계 최대 규모의 경기장이며 한꺼번에 15만 명이 입장할 수 있었다.

원래 명칭은 5.1경기장이다. 1989년 5월 1일에 완공했기 때문에 붙여진 이름이다.

두 대의 벤츠가 5.1경기장 앞에 멈추더니 차에서 현청하와 현도도, 그리고 인민복 차림의 남자 6명이 내렸다.

기다리고 있던 군복 차림의 변정태가 현청하에게 공손히 허리를 굽혔다.

"오셨습네까?"

현청하는 경기장을 쳐다보았다.

"장소 잘 골랐군."

"감사합네다."

변정태는 앞장서면서 출입구를 가리켰다.

"이리 오십시오."

변정태는 경기장 안의 육상 트랙을 건너서 잔디밭으로 들어가며 설명했다.

"모두들 대기실에서 휴식을 취하고 있으니까니 제가 얼른 가서 불러오갔습네다."

현청하는 고개를 끄떡이고는 주위를 둘러보며 잔디밭 안으로 천천히 걸어갔고, 현도도가 뒤를 따랐다.

현청하는 잔디밭 중앙에 서서 이리저리 둘러보면서 변정태가 레미를 데리고 나오기를 기다렸다.

그러다가 뭔가를 발견하고는 흠칫 가볍게 놀랐다.

관중석 맨 아래쪽에 경계 표시로 야트막한 담이 있는데 그곳에서 인민군 병사 몇 명의 상체가 불쑥 솟구친 것을 발견했기 때문이다.

그런데 그건 시작이었다. 경기장 전체를 빙 둘러 담 뒤쪽에서 일제히 병사들이 모습을 드러내는데 그 수가 천여 명에 이를 정도로 많았다.

그들은 모두 현청하와 현도도를 향해 자동소총을 겨눈 채 미동도 하지 않았다.

"뭐야? 저것들이……."

뒤늦게 그 광경을 발견한 현도도가 발끈해서 병사들에게 달려갈 것처럼 굴자 현청하가 팔을 뻗어 그녀를 제지했다.

현도도는 마현가 명칭으로는 현고수, 즉 마고수 수준이지만 천 자루의 자동소총이 겨누고 있는 상황에서는 뾰족한 방법이 없다.

까딱하다가는 벌집이 되어 시체조차 온전하게 보존하지 못할 것이다.

현청하는 관중석 중간쯤에 위치한, 빙 둘러진 수십 개의 출입구 안쪽에서 병사들이 나오는 것을 발견했다.

그들은 일사불란하게 기관총을 설치하여 현청하와 현도도를 겨누었다.

정확하게 14정의 기관총과 자그마치 천여 정의 자동소총이 겨누고 있는 상황에서는 아무리 현청하라고 해도 어떻게 해 볼 도리가 없다.

그때 한 출입구에서 몇 사람이 관중석으로 걸어 나왔다.

권보영과 최창식, 권보영의 부하 이화승이다.

현청하는 조금 전에 자신들이 들어온 경기장 출입구 쪽을 쳐다보았다.

부하 6명이 뒤따라왔는데 출입구는 굳게 닫혀 있고 부하들의 모습은 보이지 않았다. 모르긴 해도 바깥에서 북한 병사들에게 제압당한 것 같았다.

최창식이 카랑카랑한 목소리로 외쳤다.

"무릎을 꿇어라!"

현도도가 최창식을 사납게 노려보았다.

"저 자식이!"

투타타타탕!

그때 갑자기 병사 몇 명이 사격을 가했다.

파파파팍!

나란히 서 있는 현청하와 현도도 1m 앞에서 풀과 흙이 튀어 올라 두 여자 몸에 뿌려졌다.

"이번에는 너희들 몸뚱이다! 무릎 꿇어라!"

최창식이 다시 쩌렁쩌렁하게 외쳤다.

"저 새끼가 얻다 대고 감히……."

현도도는 불같은 성미를 참지 못하고 품속에 손을 집어넣었다. 권총을 꺼내서 쏘려는 것이다.

"언니, 그만둬."

현도도의 손이 품속에서 멈췄다.

"권총 꺼내는 순간 우리 둘 다 죽어."

현청하의 목소리가 긴장으로 팽팽했다.

"권총 놓고 천천히 손 빼."

현도도는 빈손을 품속에서 빼다가 현청하가 느릿한 동작으로 무릎을 꿇는 것을 보고 움찔 놀랐다.

"아가씨……."

"언니도 무릎 꿇어. 어쩔 수 없잖아."

현도도는 자신이 굴욕을 당하는 것은 견딜 수 있지만 현청하가 무릎을 꿇는 것은 견딜 수 없이 분노가 치밀었다.

현청하는 재촉하지 않고 무릎을 꿇은 채 가만히 있었다.

잠시 후 현도도는 입술을 잘근잘근 깨물면서 현청하 옆에 무릎을 꿇었다.

기다리고 있던 것처럼 10명의 병사가 현청하와 현도도에게 다가왔다.

그들 중에 두 명이 수갑과 족쇄를 갖고 현청하와 현도도 앞으로 가까이 다가왔으며, 다른 8명은 그녀들에게 자동소총을 겨누었다.

현청하와 현도도는 병사들이 자신들에게 손목에는 수갑을, 발목에는 족쇄를 채우는 것을 보면서 다소 안심했다. 그녀들 같은 마고수에게 수갑이나 족쇄 같은 것은 장난감이나 마찬가지였다. 슬쩍 힘만 줘도 부서지기 때문이다.

현청하는 그 무엇보다도 어떻게 된 일인지 궁금해서 미칠 지경이었다.

이영국과 최중희는 어디에 있는지, 그들이 이 일을 꾸민 것인지, 서해안과 동해안으로 잠입한 레미는 어디로 사라졌는지, 아까 5.1경기장 밖에서 현청하를 맞이하던 변정태는 어디로 간 것인지 어느 것 하나 궁금하지 않은 게 없었다.

그렇지만 그것들을 현청하에게 친절하게 설명해 주는 사람은 아무도 없었다.

현청하와 현도도는 사방이 쇠 벽으로 막힌 호송차에 실려서 어디론가 이동하고 있는 중이다.

여군이 그녀들의 몸수색을 해서 품속에 지니고 있던 권총과 휴대폰, 지갑 따위를 모두 압수했다.

두 여자의 발목을 결박한 족쇄의 고리가 호송차 바닥에 돌출된 쇠고리에 연결되었기 때문에 움직일 수가 없다.

마음만 먹으면 언제라도 수갑과 족쇄를 부술 수 있지만 아직은 그럴 때가 아니라는 생각에 잠자코 있었다.

맞은편에는 두 명의 병사가 나란히 앉아서 현청하와 현도도에게 자동소총을 겨누고 있었다.

안전장치를 푼 상태라서 언제든지 갈길 수 있다. 두 여자가 서툰 짓을 하면 그대로 쏴버리겠다는 뜻이다.

그런 것도 상관없었다. 현청하가 마음만 먹으면 수갑과 족쇄를 부수는 순간 저 병사들은 이 세상 사람이 아닐 것이다.

호송차에서 내린 현청하와 현도도는 눈앞에 벌어진 상황에 크게 놀라고 말았다.

그곳은 공항이다. 능라도 5.1경기장에서 한 시간 남짓 달려 왔으니까 평양 순안공항일 것이다.

호송차에서 내린 현청하와 현도도 앞에 고려항공 러시아제 투폴레프204 여객기가 웅장한 옆모습을 보인 채 서 있다. 앞쪽 출입문이 열렸으며 트랩이 걸쳐져 있다.

여전히 두 명의 병사가 현청하와 현도도에게 자동소총을 겨누고 있는데 호송차 앞쪽에 탔던 장교 한 명이 이쪽으로 걸어와서 두 여자 앞에 멈추었다.

"너희 둘을 중국으로 추방한다."

"……."

현청하와 현도도는 눈을 동그랗게 뜨고 놀랐다. 지금껏 살아오면서 이렇게 놀란 적이 한 번도 없었다.

어디론가 끌려가서 처형되는 것도, 감금도 아닌 추방이라니 귀를 의심할 정도이다.

"무슨 소리지?"

현도도가 장교를 쏘아보며 날 선 목소리로 물었다.

"말 그대로다. 너희 둘을 중국으로 추방한다. 다시 공화국에 들어올 수 없으며 들어오면 무조건 사살하겠다."

"어째서 우리를 추방하는 거지?"

장교가 인상을 팍 썼다.

"기럼 처형시킬까?"

현청하는 짧은 시간 고민에 빠졌다. 이건 북한을 벗어날 수 있는 찬스였다. 다시 말하면 저승 문턱을 넘다가 다시 이승으로 돌아가고 있는 것이다.

그렇지만 이대로 떠날 수는 없었다. 디데이가 며칠 남지 않았는데 북한이 어떤 상황이 됐는지도 모른 채 떠난다는 것은 말이 되지 않았다.

이영국과 최중희가 배신을 한 것인지, 아니면 또 다른 세력이 권력을 잡은 것인지.

상황이 어떻든 간에 마현가가 북한을 장악하지 못한 것만은 분명했다.

그런데 지금 이렇게 추방당하는 것은 마현가의 대업을 망치는 길이다.

그러므로 무슨 일이 있어도 원상 복구를 시켜놓아야만 한다. 그러지 않으면 대업은 시작하나 마나이다.

이윽고 현청하의 입에서 나직한 명령이 떨어졌다.

"언니, 처치하자."

"기다렸어!"

현도도는 기쁘게 외치더니 두 손을 힘껏 벌려서 수갑을 부수려 했고, 현청하도 같은 동작을 취했다.

*　　　　　*　　　　　*

쩌껑!

"아……."

현청하와 현도도는 똑같이 놀라서 동작을 뚝 멈췄다.

힘껏 두 손을 벌렸는데도 수갑이 부서지지도, 끊어지지도 않고 멀쩡하게 그대로였다.

장교와 두 명의 병사는 멀찍이 물러나서 지켜보고 있었다. 서툰 짓을 하면 사살하겠다고 위협하더니 사격하지 않고 지켜보기만 했다.

현청하와 현도도는 다시 힘껏 수갑 끊기를 시도했다.

째앵! 쩌껑!

날카로운 소리만 날 뿐 이번에도 끊어지지 않았다.

수갑이 끊어지지 않는데 족쇄는 해보나마나이다.

두 손과 두 발이 묶여 있는 상태에서는 뛰어봐야 벼룩이다.

재빨리 주위를 둘러보니 20m 거리에 무장 병사 수십 명이 현청하와 현도도를 향해 자동소총을 겨누고 있었다.

그녀들이 설혹 눈앞의 장교와 두 명의 병사를 처치한다고 해도 저들이 가만히 보고만 있지는 않을 것이다.

힐끗 쳐다보니 장교와 병사들이 이쪽을 보면서 엷은 미소를 짓고 있었다.

비웃음이다. 아무리 용을 써봐라. 절대로 끊어지지 않을 거라고 그들의 미소가 말하고 있었다.

수갑을 끊으려고 계속 시도하는 모습이 마치 원맨쇼를 하는 것 같아 현청하와 현도도는 그만두었다.

그녀들의 얼굴에 비로소 절망과 쓰디씀이 떠올랐다.

두 여자가 수갑 끊기를 그만두자 장교가 의기양양한 표정으로 설명했다.

"그 수갑과 족쇄는 특수 합금으로 만든 거이다. 총으로 쏴도 끊어지지 않는데 그거를 끊갔다고 하누만?"

결국 현청하와 현도도는 고려항공 여객기에 탑승할 수밖에 없게 되었다.

여객기 안에는 승객이 현청하와 현도도, 그리고 그녀들을 호송한 장교와 두 명의 병사가 전부였다. 더 있다면 조종사와 부조종사, 몇 명의 승무원이 있을 뿐이다.

고려항공 여객기가 활주로에서 이륙하자 장교가 두 여자에게 말했다.

"북경공항에 도착하면 소지품을 돌려주갔어."

현청하와 현도도는 조금 전보다 더 깊은 절망에 빠져들었다.

그로부터 사흘이 지난 9월 25일 정오 무렵.

평양 시내 창광거리에 있는 권보영의 아파트 거실에 선우를 비롯한 북한의 새로운 권력자들이 다 모였다.

권보영의 아파트는 정찰총국 35국장의 집답게 120평의 어마어마한 규모에 위층까지 터서 일이 층을 사용했다. 이 아파트에는 북한 고위층 거물들이 살고 있지만 그중에서도 권보영의 집이 가장 럭셔리했다.

사람들은 정오경에 이곳에 모여서 점심 식사를 하며 4시간 동안 긴밀한 회의를 했다.

한라산 작전이 완벽하게 성공한 덕분에 이틀 후 차동희가 정식으로 북한 권력 서열 1위, 즉 당중앙위국방위원장 겸 총비서에 오르게 된다.

평안남도 온천특각에 있는 김정은은 당연히 실각하며 그 사실을 만천하에 발표할 것이다.

그야말로 이틀 후에 천지개벽이 일어나는 것이다.

차동희를 비롯하여 서열 10위까지 오르게 될 인물들이 오늘 여기에 다 모였다. 그들은 권보영과 차동희가 엄선해서 고른 인물들이다.

또한 그들은 선우의 계획에 대해서 자세히 듣고 나서 그것에 대해서 기꺼이 찬성하고 협조하겠다고 나섰다.

지금까지 4시간 동안의 최종적인 마라톤 회의에서 이틀 후 어떤 절차로 어떻게 진행해야 하는지 완벽하게 정해놓았다.

이후 날이 어두워지기 전에 다들 돌아가고 차동희와 최창식, 심재철만 남았다.

최창식의 아내 손영숙과 어부산관리소에서 선우의 숙식을 돌봐주던 연나운, 그리고 심재철의 아내가 이곳으로 와서 주방 일을 하고 있다.

웬만한 아파트 거실보다 훨씬 넓은 식당의 커다란 대리석 식탁에 선우를 비롯하여 다들 둘러앉아서 저녁 식사 겸 술자리가 벌어졌다.

선우의 좌우에 권보영과 혜령이 앉고, 맞은편에 차동희와 최창식, 심재철이 앉았다.

선우가 손영숙과 연나운, 심재철 아내 이명희를 불렀다.

"당신들도 와서 앉지."

선우의 성격을 잘 아는 손영숙과 연나운은 심재철의 아내 이명희의 손을 잡고 다가와 손영숙과 이명희는 남편 옆에, 연나운은 혜령 옆에 앉았다.

기다렸다는 듯이 차동희가 술병을 두 손으로 잡고 일어나 선우에게 내밀었다.

"제 술 한잔 받으십시오."

선우는 한 손으로 소주잔을 내밀었다.

"고맙네."

선우는 윗사람이고 차동희는 부하이다.

선우가 술잔을 비우고 차동희에게 술을 부었다.

"이제부터 시작이야."

차동희는 일어나서 두 손으로 잔을 내밀고 허리를 굽혔다.

"명심하겠습니다."

이번에는 최창식이 일어나서 선우에게 술을 따랐다.

"성공을 축하드립다."

"고맙다."

그런 식으로 돌아가면서 모두 선우에게 술을 따랐고 선우도 그들에게 술을 따라주었다.

마지막으로 심재철이 옆에 앉은 아내 이명희에게 당황한 얼굴로 채근했다.

"임자, 뭐 하고 있는 거이야? 날래 주군께 술 한잔 올리지 앙이 하고."

"옴마야!"

아직 22살이고 아이가 없는 이명희는 화들짝 놀라서 허둥거리며 식탁에 놓인 여러 종류의 술 중에서 아무것이나 손에 잡히는 대로 집어 들었다.

사실 그녀는 식탁에 앉아서야 비로소 선우의 모습을 제대로 보았다.

처음에 손영숙 손에 이끌려 이곳에 와서는 집이 너무 크고 화려한 데다 선우를 비롯한 모두가 어마어마한 거물들이라서 감히 쳐다볼 엄두를 내지 못했다.

그런데 조금 전에 식탁에 앉아서 처음 선우를 보고는 그가 매우 젊다는 것과 태어나서 한 번도 본 적이 없을 정도의 미남이라는 사실 때문에 넋이 빠지고 말았다.

그런데 심재철이 갑자기 술을 따르라고 하니 선우를 훔쳐보다가 들킨 것 같아서 크게 당황한 것이다.

선우는 술잔을 내밀면서 빙그레 미소 지었다.

"나는 소주를 좋아합니다."

"아……."

이명희는 자신이 내밀고 있는 양주병을 보고는 또다시 당황했고, 심재철이 재빨리 대동강소주를 건넸다.

선우는 이명희의 술을 받아서 단숨에 마시고 그녀에게도 한잔 따라주었다.

이명희는 일어서서 감히 선우를 바라보지도 못하고 고개를 푹 숙인 채 두 손으로 술을 받았다.

이명희가 술을 받고 우두커니 서 있고 모두들 그녀를 주시하자 심재철이 재촉했다.

"얼른 마시지 앙이 하고 뭐 하고 있니?"

이명희는 선 채 고개를 돌리고 단숨에 술을 마시다니 마구 기침을 해댔다.

"콜록콜록! 캑!"

당황한 심재철이 변명했다.

"이 앙까이 술을 전혀 마시지 못함다. 용서하십시오."

권보영이 웃으면서 심재철을 나무랬다.

"재철이 너는 도둑장가 가고서리 어째 앙까이 술도 앙이 가르쳤니?"

선우가 관심을 보였다.

"도둑장가라니?"

"서른네 살 먹은 놈이 스무 살짜리 에미나이를 앙까이로 얻으면 그거이 도둑이지 앙이 함까?"

"그래?"

"그거이 2년 전이니끼니 명희는 이자 겨우 스물두 살임다. 아직 젖비린내가 난다 그 말임다."

선우가 벙긋 웃었다.

"그럼 스물네 살인 나도 젖비린내가 나겠군."

"아, 아임다. 절대 그렇지 앙이 함다."

실언한 권보영이 미친 듯이 두 손을 저었다. 그녀는 선우를 나이로 보지 않았다. 그는 무조건 하늘 같은 존재이고 그녀의 신이었다.

하긴 환갑이 다 돼가는 차동희를 비롯한 모두들 선우를 스물네 살 풋내 나는 애송이라고 생각하는 사람은 아무도 없었다.

선우는 이명희를 보며 온화하게 말했다.

"술 못 마시면 마시지 않아도 됩니다."

심재철이 화들짝 놀라서 손을 마구 저었다.

"아임다. 눈치껏 마시게 할 테니까니 분위기 망칠 일은 없을 거임다. 고조 이 에미나이래 신경 쓰지 마십시오."

심재철은 황망해서 어쩔 줄 몰라 하며 말했다.

"기리고 주군께서는 이 에미나이한테 말씀을 낮추십시오. 고조 저는 고거이 황송스러워서 죽갔습다."

이명희가 이마를 식탁에 쿵 찧었다.

"기렇습다. 제발 저한테 너니 내니 하면서리 말 놓으시라요. 제 소원임다."

차동희에게도 하대하는 선우가 유독 스물두 살짜리 이명희에게 존대를 하는 것은 좀 그렇다.

선우가 고개를 끄떡였다.

"그러지. 그런데 명희는 고향이 어디지?"

"하, 함북 무산임다."

권보영이 참견했다.

"재철이가 무산 출신임다. 쟤가 군대에 나갈 때 명희는 옆집에 살았는데 그때 겨우 세 살이었다는 거이 아니갔습까?"

"재철이는 몇 살이었고?"

"열일곱 살이었습다. 기런데 명희가 세 살 때에도 무산이 떠들썩할 정도로 예뻤다는 말임다. 기래서 재철이가 명희를 장차 자기 앙까이로 삼으려고 점찍어둔 거이 아니갔습까?"

심재철이 두 손을 마구 저었다.

"그, 그거이 아임다. 제가 어케 세 살짜리를……."

권보영이 눈을 빛냈다.

"재철아, 그때 명희가 예뻤니, 안 예뻤니?"

"……."

"어째 대답을 못 하니?"

"예… 뻤습다."

"얼마나 예뻤니?"

심재철이 권보영의 말발에 말려들었다.

"고거이 참말로 인형처럼 예뻤습다. 제가 장마당에서 틈틈이 우유를 사개지고 가서리 명희에게 멕였는데 그때마다 저를 보면서리 생글생글 웃는데… 하아, 고거이 보면 가슴이 마구 뛰는 거이 아니갔습까?"

"기리니끼니 너래 그 당시에 이미 세 살짜리 명희를 좋아했

었구만기래?"

"기… 렇습다."

"기니끼니 도둑놈이지."

"……."

심재철은 자신의 입으로 사실을 실토했다는 사실에 눈을 껌뻑거리면서 얼굴을 붉히는데 그 모습을 보고 다들 웃음을 터뜨렸다.

"하하하! 도둑놈 맞구만기래!"

"호호호호! 저는 우리 나그네만 도둑놈인 줄 알았더니 재철 동무는 칼 든 강도였구만요!"

심재철이 얼굴을 붉히면서 권보영을 쳐다보았다.

"기러면 대장 동지는 뭐임까?"

"어케 나를 걸고넘어지니?"

심재철은 권보영과 선우를 번갈아 쳐다보았다.

"대장 동지래 올게(올해) 마흔너이 아임까? 주군하고 스무살 차이가 나는데… 제가 칼 든 강도면 대장 동지는 뭐라고 불러야 함까?"

"너… 이 새끼……."

권보영의 얼굴이 벌게졌다.

심재철은 아예 끝장을 보려는 생각인지 이명희를 보면서 실실 웃었다.

"명희야, 너래 그런 사람을 뭐라고 부르는지 아니?"

물색없는 이명희가 냉큼 대답했다.

"깡패라고 함다."

이명희보다 더 속없는 심재철이 손바닥으로 식탁을 두드리면서 웃음을 터뜨렸다.

탁탁탁탁!

"우핫핫핫핫! 맞다! 깡패! 대장 동지는 깡패임다!"

그렇지만 심재철은 곧 그 행동을 멈춰야만 했다. 아무도 웃지 않고 분위기가 싸했기 때문이다.

그는 안색이 변하더니 벌떡 일어나서 권보영에게 깊숙이 허리를 굽혔다.

"죄, 죄송함다. 용서하십시오!"

"너래 죽고 싶니?"

권보영의 싸늘한 일갈에 심재철이 허리를 더 굽혀 정수리가 식탁에 닿았다.

"죽을죄를 졌슴다. 용서하십시오."

그때 사람들이 아까보다 더 큰 소리로 박장대소를 터뜨렸다.

심재철이 어리둥절해서 고개를 드는데 선우가 권보영을 보며 빙그레 미소 지었다.

"당신 깡패 맞는데?"

권보영이 요염한 표정을 지었다.

"저 깡패 맞습다."

선우는 사람들을 둘러보고 나서 조용한 목소리로 말했다.

"내가 자네들을 남으라고 한 것은 긴히 할 얘기가 있기 때문이야."

여기에 있는 사람들이야말로 선우의 최측근이라고 할 수 있었다. 물론 북한에서의 최측근이다.

사람들 모두가 긴장했다. 선우가 이런 식으로 말하면 매우 중요한 일이기 때문이다.

"자네들은 남북통일에 주역이기 때문에 일이 끝난 후에 보상을 해주려고 하네."

권보영이 의아한 얼굴로 물었다.

"무스게 보상을 한다는 말씀임까?"

최창식이 천부당만부당하다는 얼굴로 말했다.

"저희들은 이미 주군께 엄청난 돈을 받았습다. 기런데 또 무스게 보상을 해주신다는 말씀임까?"

선우는 한라산 작전을 시작하기 전에 차동희에게 천만 달러, 최창식에게 5백만 달러, 심재철에게 3백만 달러를 각각 중국 공상은행 계좌에 송금해 주었다.

최창식은 진정 어린 표정으로 말을 이었다.

“저는 주군께 받은 5백만 달러를 돌려 드리고 싶습다. 이렇게 훌륭한 일을 하는 줄 알았으면 애당초 그 돈을 받지 앙이 했을 겁다.”

심재철도 크게 고개를 끄떡였다.

“저도 창식 형님하고 같은 생각입다. 저는 3백만 달러 받은 거이 한 푼도 쓰지 앙이 했으니끼니 고스란히 주군께 돌려 드리갔습다. 받아주시기요.”

차동희 역시 같은 생각이라면서 천만 달러를 도로 내놓겠다고 말했다.

선우는 여기에 있는 사람들에게 뭔가 보답을 하고 싶어서 이들을 남게 하고 말을 꺼냈다.

만약 이들이 아니었다면 한라산 작전은 결코 성공하지 못했을 것이기 때문이다.

그런데 괜한 말을 꺼내는 바람에 이들이 갖고 있던 돈만 빼앗은 꼴이 되고 말았으니 선우의 마음이 편할 리가 없다.

*　　　*　　　*

“일이 다 끝나고 나면 하고 싶은 게 무엇인지 한 사람씩 말해보게.”

선우는 세 사람이 도로 내놓겠다는 돈에 대해서는 가타부

타 말하지 않고 화제를 바꿨다.

솔직담백한 성격의 최창식이 의아한 표정을 지었다.

"무스거 말씀이심까?"

"이 일이 끝난 후에 하고 싶은 일이 있을 것 아닌가?"

최창식과 심재철의 표정이 변했다. 두 사람은 거기에 대해서 서로 얘기를 한 적이 있었다.

"주군."

언제나 솔직하고 직설적인 최창식이 이번에도 먼저 말문을 열었다.

"말해보게."

최창식의 얼굴이 진지함으로 물들었고, 심재철은 괜히 긴장해서 마른침을 삼켰다.

"저는 주군을 계속 모시고 싶슴다."

다들 깜짝 놀라서 최창식을 쳐다보았다.

최창식은 군 생활을 권보영의 부하로 시작했으며 지금도 그의 심복이다.

그런데 선우를 주군으로 모시고 그의 부하가 되고 싶다고 말하는 것이다.

심재철이 질세라 가세했다.

"저도 주군의 부하가 되고 싶슴다. 받아주시라요."

술을 전혀 마시지 못한다는 이명희는 긴장된 표정으로 혼자서 술을 따라 홀짝거리며 마시기 시작했다. 남편 심재철이 선우의 부하가 되는 것이 얼마나 중요한지 알기에 심장이 마구 방망이질을 했다.

권보영이 정색을 하고 손가락으로 최창식과 심재철을 가리키면서 말했다.

"너희들, 그거이 무슨 뜻인지 알고나 하는 말이네?"

"알고 있슴다."

최창식이 권보영을 보면서 말했다.

"국장 동지는 주군의 부인이 아니십네까? 기리니끼니 저희가 주군의 부하가 된다면 국장 동지의 부하가 되는 거이나 마찬가지 아임까?"

"기렇지."

선우는 오늘까지 8일째 권보영에게 최면을 걸지 않았다. 그런데도 그녀는 전과 다름없이 자신이 선우의 부인인 줄 알고 그를 따르고 있었다.

그녀가 예전 상태로 돌아갔으면서도 모른 체하고 선우를 따를 리 없다.

그녀 성격상 그건 절대로 아니었다. 말하자면 그녀는 최면을 건 상태 그대로인 것이다.

그렇다면 이것은 논리적으로는 설명할 수 없는 어떤 최면의 딜레마 같은 것일 수도 있다.

어쨌든 선우는 권보영에게 앞으로도 최면을 걸지 않고 그냥 지켜보기로 했다.

그녀가 완전히 최면에서 깨어나 예전 정신을 회복한다고 해도 더 이상 위협이 되지 않는다고 판단했기 때문이다.

최창식의 목소리에는 열정이 가득했다.

"저는 주군께서 세계 최고 부자라서 부하가 되고 싶은 거이 아임다. 제가 옆에서 지켜보니까니 주군께서 하시는 일이 너무도 훌륭해서리 말로 다 설명할 재간이 없다 그검다. 그뿐만이 아이라 주군의 성품 하나하나가 죄다 올곧고 광명스러워서리 저절로 존경심이 우러나온다는 말임다. 바로 그거에 저는 부하가 되고 싶은 검다."

그의 말에는 모두들 공감하는 듯 고개를 끄떡였다.

"기래서 저는 앞으로 죽을 때까지 주군을 받들어 모시면서리 좋은 일을 마이 하고 싶다는 거임다."

"저도 그렇습다!"

말주변이 없는 심재철은 최창식의 말이 끝나자마자 구호를 외치듯 큰 소리로 말했다.

선우는 잠시 생각하다가 고개를 끄떡였다.

"알았다. 너희 둘을 거두겠다."

"와앗!"

최창식과 심재철은 너무 기쁜 나머지 소리를 지르면서 벌떡 일어나 허리를 굽혔다.

"목숨을 바쳐서리 충성하갔습다!"

"죽을 때까지 충성하갔습다!"

손영숙은 너무 기뻐서 눈물을 펑펑 흘렸다.

"형부, 저도 목숨 바쳐서리 충성하갔시오!"

선우가 빙그레 웃었다.

"영숙이 네가 무슨 충성을 해?"

손영숙이 눈물을 펑펑 쏟았다.

"형부께서 시키시는 거이 뭐이든 다 하갔습다."

권보영이 넌지시 물었다.

"기럼 너래 우리 나그네 잠자리 시중도 들 수 있갔니?"

손영숙이 크게 고개를 끄떡였다.

"들라시면 들갔습다."

그녀는 최창식을 쳐다보았다.

"기래도 되갔지요?"

최창식은 고개를 더 힘차게 끄떡였다.

"물론이야! 주군께서 원하신다면 그보다 더한 것도 서슴없이 해야지. 고럼."

선우가 손을 내저었다.

"됐다."

그때 혼자서 훌짝거리며 술을 마시던 이명희가 발딱 일어나서 선우에게 자신이 마시던 잔을 내밀었다.

"저는 오라바이께 축하주를 따르갔습다! 받으시라요!"

당최 숫기가 없어서 선우를 쳐다보지도 못하는 데다 술 한 잔도 마시지 못한다던 이명희는 어디 가고 홀짝거리면서 마신 술기운이 올라 얼굴이 발그레해져 어서 잔을 받으라고 성화를 부렸다.

"앙이… 오라바이 어디 갔슴까? 날래 술 받으시라요!"

심재철이 당황해서 황급히 이명희를 말렸다.

"이 에미나이래 어케 이러는 거이야? 너 미쳤니? 주군께 오라바이가 뭐이야?"

선우가 이명희의 잔을 받으며 웃었다.

"그래, 명희 술 한잔 마시자."

"꺄악! 기래야 우리 오라바이 아임까?"

심재철이 당황해서 말리려는 것을 선우가 손짓으로 그러지 말라고 했다.

차동희는 분위기에 휩쓸리지 않고 심각한 표정이다. 그는 남북통일이 되면 정치계에 입문하겠다고 했으므로 거기에 대해서 고심하고 있을 것이다.

권보영은 술을 주는 대로 받아 마시면서 연신 기분 좋은 웃음을 터뜨렸다.

손영숙이 일어나서 노래를 부르기 시작했다. 그녀의 십팔

번인 '지새지 말아다오, 평양의 밤아'부터 메들리로 쉬지 않고 줄줄 불렀다.

그다음에는 이명희가 바톤을 이어받아 노래를 부르는데 간드러지고 구성진 목소리의 손영숙하고는 달리 허스키한 목소리가 매력적이다.

다들 박수를 치면서 노래를 따라 불렀다.

선우는 분위기에 젖어서 홍겹게 즐기면서도 아까 최종 점검을 한 것들 중에서 혹시 잘못된 것은 없는지 머릿속에서 하나씩 차근차근 점검해 보았다.

잘못되거나 미비한 점은 없었다. 완벽했다.

이명희의 노래가 끝나자 심재철이 고개를 갸우뚱하면서 최창식에게 물었다.

"기런데 창식 형님, 형님은 주군이라는 거이 무스게 뜻인지 아심까?"

최창식이 짐짓 알은척을 했다.

"고거이 직함 앙이갔니? 위원장, 국장 하는 것처럼 말이야."

그는 어떠냐는 듯 선우를 쳐다보았다.

북한에서는 한자를 배우지 않기 때문에 '주군'의 뜻을 모르는 것이 당연했다.

선우는 빙그레 웃었다.

"주군은 말하자면 주인이라는 뜻이야."

"아, 기렇슴까?"

머쓱해진 최창식이 머리를 벅벅 긁었다.

9월 27일 오전 8시 20분, 노동당 중앙당사.

앞으로 1시간 40분 후인 오전 10시 이곳 대강당에서 북한, 아니, 한반도 전체의 새로운 역사가 탄생할 예정이었다.

중앙당사는 입구부터 복도, 계단, 대강당 안팎까지 호위총국과 평양방어사령부 무장 병사들이 삼엄하게 경계하고 있어서 개미 새끼 한 마리 잠입하지 못하는 수준이다.

북한 전국 각지에서 모인 당 간부들이 벌써부터 줄줄이 당사로 입장하고 있었다. 언제나 그랬던 것처럼 오늘도 변함없이 상무위원회 상무위원들과 정치부 후보위원 21명, 비서국 비서 9명, 당중앙군사위원회 부위원장은 공석이고 위원 15명, 검열위원회, 최고인민회의 위원, 국가안전보위부, 인민무력부 등 북한의 권력 기관 소속 천여 명이 대강당에 속속 자리를 잡았다.

이 층에는 입구부터 복도에 무장 병사들이 새카맣게 깔렸는데 그곳에 가장 중요한 인물 중의 한 명이 있기 때문이다.

복도 끝에는 하나의 방이 있으며, 그 안에는 오늘 권력 서열 3위에 오르는 권보영이 준비하고 있다.

권보영이 서열 3위라고는 하지만 실상 1위인 차동희보다 파워가 세다.

여성용 인민복을 깔끔하게 차려입은 권보영은 자신의 뒤쪽에 서 있는 선우를 정면의 거울로 보면서 긴장된 표정을 지우지 못했다.

"마이 긴장됩다."

역시 인민복 차림에 40대로 변장한 선우는 권보영 어깨에 손을 얹고 미소를 지었다.

"긴장할 거 없어. 넉넉잡아 30분이면 끝날 거야."

권보영은 몇 차례 심호흡을 했다.

"여보 나그네."

"왜?"

권보영이 궁금한 표정을 지었다.

"기런데 우리 남조선에서는 어드메서 살았댔습까? 도무지 기억이 나지 않아서리……."

"청담동이야."

선우는 뜨끔했으나 내색하지 않고 자연스레 대답했다.

권보영이 고개를 갸웃거렸다.

"청담동이 어드메입까?"

선우가 권보영에게 최면을 걸었을 때에는 그런 것들을 일일이 상세하게 가르쳐 준 것이 아니라 그녀가 이미 다 알고 있는 상태로 만들어 버렸다.

권보영이 이러는 걸 보면 현재 최면의 딜레마에 빠져 있는 상태가 분명했다.

"서울 강남구 청담동이야."

"아파트였슴까?"

"한강변에 있는 빌라야. 상트빌 601호지."

"아, 상트빌 601호."

사실 상트빌 601호는 소희가 살던 아파트인데 현재는 비어 있는 상태이다.

선우는 권보영이 무슨 빌라인지 꼬치꼬치 물을 것 같아서 아예 다 말해준 것이다.

"여기 일 끝나면 우리 상트빌에 가서 사는 거임까?"

"그래."

권보영은 자신의 어깨에 얹은 선우의 손을 잡고 행복한 표정을 지었다.

"저는 말임다, 권력이나 이런 거이 다 필요없슴다. 그저 나그네하고 오순도순 사는 거이 최고로 행복하다는 말임다."

선우 옆에 서 있는 혜령은 문득 보일 듯 말 듯 씁쓸한 표정을 지었다.

혜령은 선우가 장차 권보영을 어떻게 할 것인지에 대해서 모르고 있었다.

선우가 말해준 적이 없기 때문이다. 그렇지만 그가 권보영을 끝까지 책임지지 않을 것이라고 막연하게 짐작하고 있었다.

좋은 말로 하든 나쁜 말로 하든 선우는 권보영을 이용하고 있기 때문이다. 아무리 좋게 말해도 그건 나쁜 짓이다.

그러나 혜령은 선우를 원망하거나 탓하지 않는다. 그가 하는 일은 무조건 다 옳다고 믿는다.

아니, 옳지 않다고 해도 백 퍼센트 찬성한다. 그를 존경하고 또 사랑하기 때문이다.

권보영이 어린 소녀처럼 해맑게 미소 지었다.

"어서 여기 일이 끝났으면 좋갔습다."

그때 선우의 휴대폰이 울렸다.

—주군, 오일정입니다.

오랜만에 반가운 목소리가 휴대폰에서 흘러나왔다.

"음, 어디냐?"

—중앙당사 입구에 도착했습니다.

선우는 필요해서 팔대호신가 오일정 오영민을 평양으로 불러들였다.

오영민이 쉽게 평양에 올 수 있도록 조치를 취했으며, 그를 데려오라고 최창식의 부하들을 순안공항으로 보냈다.

"지금 그쪽으로 가마."

통화를 끊고 선우는 권보영의 어깨를 다독였다.

"서울에서 누가 왔어. 잠시 나갔다 올게."

"다녀오시라요."

권보영은 일어나서 환하게 웃으며 선우를 배웅했다.

선우는 혜령이 따라오는 걸 보고 그냥 여기에 있으라고 말하려다가 그만두었다.

이제 혜령이 민영가의 가주이므로 오영민과 인사를 시키는 것도 좋겠다 싶어서였다.

선우가 복도를 지나고 중앙당사 입구를 나갈 때 무장 병사들이 경례를 붙였다.

병사들은 선우의 신분이 무엇인지는 모르지만 차동희나 권보영과 동급이라 여기고 있는 듯했다.

아마도 최창식이 선우를 굉장한 신분이라고 병사들에게 주지시켜 놓았을 것이다.

선우가 중앙당사 입구를 나서자 계단 아래 저만치에 보위요원들의 호위를 받으면서 오영민과 그의 부하 10명이 서 있는 모습이 보였다.

선우는 근 한 달여 만에 오영민을 만나자 몹시 반가워서 빠른 걸음으로 그에게 걸어갔다.

"차렷! 경례!"

돌계단 아래 30m까지 두 줄로 길게 도열한 평양방어사령부 무장 병사들이 선우를 향해 일제히 경례를 했다.

오영민과 10명의 오위가 행동대들은 그 광경을 보고 감개무량한 표정을 지었다.

선우가 북한에 온 지 불과 한 달여 만에 북한 정치의 핵심이라고 할 수 있는 중앙당사에서 북한 인민군의 경례를 받고 있으니 놀라운 일이다.

그러나 더 놀라운, 아니, 경악할 일은 선우가 순전히 혼자 힘으로 북한을 장악했다는 사실이다.

권보영과 차동희, 최창식, 심재철을 비롯한 많은 인물이 변혁에 동참했지만 그들을 이끌고 조종한 사람은 선우였다.

지금 이 일로 한국 신강가는 완전히 축제 분위기였다.

신강가의 재신 선우가 단독으로 북한에 잠입하여 남북통일이라는 엄청난 일을 이룩하기 직전인 것이다.

제45장
신마 전쟁

선우는 마지막 마무리를 위해서 오영민과 오위가 행동대원 10명을 평양으로 불러들였다.

최창식이나 심재철, 그리고 그의 부하들은 평범한 병사들이라서 혹시 일어날지 모르는 불특정한 급변 상황에 대처하는 것이 서툴 수밖에 없다.

구체적으로 말하자면 권보영과 차동희 등 북한의 새로운 지도층을 밀착 경호하는 것을 오영민과 오위가 행동대에게 맡기려는 것이다.

길어야 한 달이다. 그 안에 남북통일이 이루어지는데 그때까지 차동희와 권보영 등에게 무슨 일이 생겨서는 안 된다.

선우가 도열한 무장 병사들을 다 지나자 그들이 경례하고 있던 손을 내렸다.

그리고 오영민이 반갑고 감격한 표정으로 선우를 바라보았다.

"주군!"

하고 싶은 많은 말이 그의 그 한 마디에 담겨 있었다.

오영민과 10명의 오위가 행동대원들이 선우를 향해 공손히 허리를 굽혔다.

원래대로 하자면 무릎을 꿇고 부복해야 마땅하지만 상황이 이러니 허리를 굽히는 것으로 대신했다.

"오느라 수고했다."

선우는 오영민의 손을 잡고 모두를 찬찬히 둘러보았다.

스르.

지하에서 올라오는 엘리베이터가 이 층에서 열리더니 6명의 군인이 내렸다.

앞선 두 명은 여자이며 장교 복장이고, 뒤에는 권총을 찬 남자 장교 4명이 두 줄로 따르고 있다.

저벅저벅.

그들이 엘리베이터에서 걸어 나오자 이 층 로비를 지키고 있던 무장 병사들의 지휘관인 장교가 막아섰다.

"멈춰!"

두 여자 장교는 매우 젊으며 한 명은 소좌이고 또 한 명은 상위 계급이다.

그녀들을 멈추게 한 장교는 중위지만 개의치 않았다. 여기에선 계급이 아니라 명령이 우선하기 때문이다.

"돌아가시오. 여긴 출입 금지요."

중위는 칼로 찔러도 피 한 방울 나오지 않을 것처럼 딱딱하게 말했다.

여자 소좌가 조용한 목소리로 말했다.

"너 내가 누군지 모르니?"

"모르오."

소좌는 유난히 길고 하얀 손가락으로 어깨 견장의 붉은 별이 새겨진 세 개의 띠를 가리켰다.

"너래 이거이 무스게로 보이니?"

"……."

중위는 견장을 보다가 움찔했다. 세 개의 노란색 띠 복판에 붉은 별이 선명하게 새겨진 견장은 북한에서, 아니, 군부에서 가장 살벌한 부서를 가리킨다.

조선인민군정치검열부가 바로 그것이다.

군정치검열부는 말 그대로 조선인민군 전체의 정치적 사상을 검열하는 부서이다.

군정치검열부를 줄여서 군검부라고 하며 조선인민군 내에서는 군검부가 무조건 우선하며 아무도 막아서는 안 된다는 김정은의 교시가 있었다.

사실 잠시 후에 김정은의 전격적인 실각이 발표될 것이기 때문에 평양방어사령부 장교는 김정은의 그런 교시 따윈 무시해도 상관이 없다.

하지만 그런 것을 알 리 없는 장교는 상대가 군검부 소좌라는 사실에 그대로 얼어붙었다.

"무, 무슨 일이십네까?"

"35국 국장 동지 여기 계시지?"

장교는 복도 안쪽을 가리켰다.

"저 안쪽 방에 계십네다."

소좌가 고개를 끄떡였다.

"국장 동지께서 나를 부르셨다. 가서 확인하라우."

정찰총국 35국장이 군검부 소좌를 호출했다고 하는데 감히 장교가 35국장에게 직접 가서 그 사실을 확인할 엄두가 나지 않았다.

"아닙네다. 가십시오."

장교는 앞을 비켜주면서 무장 병사들에게 소좌 일행을 막지 말라고 손을 저었다.

그거로도 모자라서 장교는 앞장서서 복도로 빠르게 걸어가면서 무장 병사들을 물러나게 했다.

선우는 오영민 등에게 혜령을 소개했다.

"서로 인사해라. 민영가 민혜주의 언니다."

"아……."

혜주와 혜령의 아버지 민성환이 대한민국에 입국하여 신강가의 보호 아래 있기 때문에 오영민 등은 그 사실을 이미 잘 알고 있었다.

오영민이 공손히 허리를 굽혔다.

"오위가 오일정 오영민입니다. 반갑습니다."

혜령은 북한에서 팔대호신가 사람을 만나게 될 줄 몰랐기에 감개무량했다.

"민혜령임다. 잘 부탁함다."

선우는 오영민 등에게 말했다.

"여기 있는 동안 모르는 게 있으면 혜령에게 물어봐라."

척!

군검부 소좌와 상위가 방문을 열고 안으로 들어가고 그녀들과 같이 온 네 명의 장교는 문밖을 지키고 섰다.

물론 노크는 하지 않았다.

문이 닫히자 거기까지 안내한 장교는 원래 자신의 위치로 돌아갔다.

거울 앞에 다리를 꼬고 앉아 담배를 피우고 있던 권보영은 소좌와 상위를 힐끗 쳐다보았다.

"뉘기야?"

상위는 문을 등지고 서 있고 소좌가 권보영에게 다가갔다.

"정찰총국 35국장 권보영 대장입니까?"

권보영은 담배 연기를 길게 내뿜었다.

"기래. 무슨 용무야?"

소좌는 상대가 권보영이라는 것을 확인하고는 거침없이 발을 뻗었다.

슉!

격투기라면 누구에게도 지지 않는 권보영은 느닷없이 자신의 상체를 향해 날아오는 소좌의 발길질을 상체를 비틀어서 가볍게 피했다.

아니, 그건 권보영의 바람일 뿐이다. 그리고 상대가 다른 사람이었다면 그녀는 너끈히 피하고도 남았다.

소좌의 발길질이 워낙 빨랐기에 그녀의 발등이 권보영의 어깨를 강하고 짧게 찼다.

탁!

"아……."

단지 발길질일 뿐인데 거기에 맞은 권보영은 어깨가 박살 나는 고통을 느끼면서 의자와 함께 붕 날려가 저만치 바닥에 나동그라졌다.

우당탕!

"으윽!"

넘어지는 순간 권보영은 품속에 항상 지니고 다니는 권총을 뽑았지만 어느새 다가온 소좌가 권총을 잡은 권보영의 손을 가볍게 툭 찼다.

탁!

권총은 저만치 날려갔고, 소좌는 발을 들어 권보영의 가슴에 올려놓았다.

"내가 묻는 말에 똑바로 대답해라."

"으으, 이 썅간나 에미나이. 너 뉘기야?"

권보영은 가슴에 탱크 한 대를 올려놓은 것 같은 엄청난 무게를 느끼면서 꼼짝도 하지 못하고 버둥거리면서 얼굴을 일그러뜨렸다.

"이영국 어디에 있지?"

"이, 이 개간나……."

뚜둑!

권보영은 욕을 퍼붓다가 눈을 찢어질 듯이 부릅떴다. 소좌가 발에 힘을 주자 갈비뼈가 부러질 것처럼 엄청난 고통이 쏟아졌기 때문이다.

"이영국 어디에 있지?"

소좌가 다시 물었다.

만약 이번 물음에도 대답하지 않으면 더 극심한 고통이 수반될 것이다.

그렇지만 권보영은 독하게 신음을 삼킨 채 눈을 시퍼렇게 뜨고 중얼거렸다.

"끄으으, 이 썅간나. 죽이라우."

권보영은 자신의 가슴을 짓밟고 있는 여자가 정확하게 누군지는 모르지만 마현가 사람일 것이라고 짐작했다.

이런 능력을 발휘할 수 있는 인물은 신강가와 마현가뿐이기 때문이다.

그래서 자신이 실토를 하면 선우의 일이 실패할지도 모르기 때문에 죽음을 각오했다.

"이번에도 대답하지 않으면 죽는다. 이영국 어디에 있지?"

소좌는 권보영에게 알아낼 것이 많지만 첫 질문부터 막히자 짜증이 확 났다.

"으으, 이 개간나."

소좌는 차갑게 중얼거렸다.

"나를 화나게 만드는구나."

슥.

소좌는 권보영의 얼굴을 짓밟으려고 가슴에 누르고 있던 발을 쳐들었다.

그녀가 약간 힘을 줘서 밟으면 권보영의 얼굴, 아니, 머리통은 두부처럼 으깨어지고 말 것이다.

그 순간 소좌는 멈칫하며 문 쪽을 쳐다보았다. 문밖에서 무슨 소리가 들렸기 때문이다.

왈칵!

그러더니 문이 부서질 것처럼 거칠게 열렸다.

열린 문으로 밖에 소좌와 같이 온 네 명의 장교가 쓰러져 있는 광경이 보였다.

선우는 안으로 들어서다가 권보영이 쓰러져 있고 소좌가 그녀의 얼굴을 짓밟으려는 광경을 발견하고 화가 머리 꼭대기까지 치밀었다.

후아악!

"아……."

선우가 아무런 동작을 취하지도 않았는데 소좌의 몸이 태풍에 휘말린 것처럼 반대쪽으로 쏜살같이 날려갔다.

쿵!

"흐윽……."

소좌는 벽에 모질게 부딪쳤다가 바닥에 떨어져 쓰러졌다.

선우는 앞에 서 있는 상위에게 엄한 얼굴로 명령했다.

"비켜라."

그러자 놀랍게도 상위는 선우의 얼굴을 보더니 공손하게 옆으로 비켜섰다.

소좌가 그 광경을 보고 어이없다는 표정을 지었다.

"언니……."

선우는 성큼성큼 걸어가 권보영을 부축해 일으켰다.

거의 죽음 직전에서 구해진 권보영은 자신도 모르게 눈물을 왈칵 쏟아냈다.

"나그네……."

권보영이 이처럼 감격해서 눈물을 쏟은 적은 평생 단 한 번도 없었다. 아니, 운 적도 거의 없었다.

뒤따라 들어온 오영민과 행동대원들이 소좌에게 가려는 것을 선우가 제지했다.

"물러나라. 너희들 상대가 아니다."

선우가 혜령에게 권보영을 맡길 때 소좌가 비틀거리면서 일어나며 얼굴 가득 경악을 떠올렸다.

"그 목소리는……."

그녀는 선우의 목소리를 생생하게 기억하고 있었다.

"오빠야? 정후 오빠?"

소좌 현청하는 선우를 이정후라고 알고 있다.

현청하는 방금 전 충격으로 입에서 피를 흘리며 해쓱한 얼굴에 복잡한 표정을 떠올렸다.

"정후 오빠 맞지? 그렇지?"

선우는 씁쓸한 표정을 지었다. 권보영을 공격한 여장교가 현청하라는 사실을 확인한 그는 분노가 눈 녹듯이 풀렸다.

"그래, 청하야."

"아아, 오빠……."

현청하는 눈물을 흘리며 선우에게 다가왔다.

"거기 서라."

선우가 그녀를 제지했다.

현청하는 상대가 선우라는 사실을 확인한 순간 모든 것을 다 망각했다.

자신이 무엇 때문에 이곳에 왔는지조차도 잊었다. 선우를 만난 충격과 반가움이 너무 크기 때문이다.

세상에 대해서 아무것도 모른 채 살인 기계로만 키워진 현청하에게 처음으로 사람의 온정을 느끼게 해준 사람이 바로 선우였다.

단 한 번의 만남, 그것도 불과 12시간의 짧은 시간이었지만 그것이 현청하에게 안겨준 충격과 영향은 지대했다.

그것이 그녀가 세상과 인간을 알게 된 전부라고 해도 지나친 말이 아닐 것이다.

그것은 남녀 간의 사랑이라고 말할 수 없었다. 어쩌면 그보다 더 높은 차원의 교감이었을 테니까 말이다.

"오빠……."

현청하는 눈물을 흘리면서 반갑고도 안타까운 표정을 지었지만 선우에게 다가가지는 않았다. 그가 '거기 서라'고 말했기 때문이다.

혜령은 선우가 방금 그녀를 '청하'라고 불렀기 때문에 그녀가 마현가 서열 2위인 현청하일 거라고 직감했다.

혜령이 봤을 때, 아니, 누가 보더라도 선우와 현청하는 매우 친밀한 사이인 것 같았다.

현청하의 행동을 감안하면 두 사람이 겨우 12시간 동안 만난 사이라고는 도저히 상상할 수가 없다.

선우가 어떻게 해서 마현가의 서열 2위하고 친한 사이가 됐는지는 알 수 없지만, 선우가 무엇 때문에 현청하를 죽이지 않고 제압만 해서 곱게 고려항공 여객기에 태워 북한에서 추방했는지는 짐작할 수 있을 것 같았다.

선우는 현청하의 행동을 보고는 무작정 강하게 나가서는 안 될 것 같다는 생각을 했다.

"모두 나가라."

"나그네……."

"나가서 기다려."

권보영이 걱정스러운 표정으로 말했지만 선우는 나가라는

손짓을 해 보였다.

선우는 현청하와 단둘이 남게 되자 그녀를 실내 한쪽에 있는 테이블의 의자로 불렀다.

"앉아라."

현청하가 선우에게서 시선을 떼지 않은 채 의자에 앉자 선우는 맞은편에 앉았다.

"오빠."

"내 말부터 들어라."

현청하는 계속 눈물을 흘리면서 선우의 말이라면 고분고분 잘 들었다.

선우는 단도직입적으로 말했다.

"내 이름은 강선우다. 신강가의 재신이지."

"……."

현청하는 눈물을 줄줄 흘리면서 어리둥절한 얼굴로 선우를 바라보았다.

그녀는 선우의 말을 듣기는 들었는데 무슨 뜻인지 이해하지 못한 것 같았다.

선우는 다시 말하지 않고 현청하가 그 말을 인식하기를 기다려 주었다.

"오빠가 신강가 재신이라고?"

"그래."

이윽고 현청하가 반신반의하는 표정으로 묻자 선우는 고개를 끄떡였다.

*　　　*　　　*

“어떻게 그럴 수가…….”

현청하는 망연자실한 얼굴로 중얼거리더니 느닷없는 질문을 했다.

“그럼 어째서 날 죽이지 않은 거지?”

다른 궁금한 것들이 많았지만 현청하는 그게 제일 궁금했다.

“그때 날 처음 만났을 때 오빠는 내가 천현가 사람이라는 걸 알았을 거 아냐?”

“그래. 네가 천현가 부신주 겸 총당주인 것은 나중에 알았지만 그 당시에는 네가 천현가에서 매우 중요한 지위일 거라고 짐작했지.”

“그런데 왜 날 죽이지 않았어?”

선우는 어이없다는 표정을 지었지만 현청하는 틈을 주지 않고 따지듯이 물었다.

“그때 날 충분히 죽일 수 있었잖아!”

그랬다. 굳이 현청하가 만취해서 토하고 기절한 것처럼 잠에 빠졌을 때를 노리지 않더라도 선우는 그녀를 죽이려고 마음만 먹으면 언제라도 죽일 수 있었다.

그는 신강가의 재신이다. 현청하가 제아무리 마현가의 살인기계로 길러졌다고 해도 그의 상대가 될 수는 없었다.

하지만 선우는 그렇게 하지 않았으며, 지금 현청하는 그 이유를 궁금해하는 것이다.

선우는 미간을 찡그렸다.

"어째서 내가 널 죽여야 하는 거지?"

"나는 천현가 사람이잖아. 오빠는 신강가 재신이니까 당연히 나를 죽여야 하는 거 아냐?"

"말도 안 되는 소리."

"뭐가 말이 안 되지?"

선우는 두 팔을 벌려 보이며 당치도 않다는 표정을 지었다.

"청하 네가 천현가 사람이라는 이유 하나 때문에 널 죽여야 한다고?"

"그래."

"나는 널 못 죽여."

"이유가 뭔데?"

"청하 너처럼 착한 아이를 어떻게 죽이니?"

현청하가 움찔했다.

"내가 그날 만난 사람은 천현가 사람이기 이전에 티 없이 맑고 순수한 한 명의 소녀였어. 소주도 처음 마셔보고 곱창과 오징어볶음을 너무도 좋아하는, 그냥 착하고 순수하고 예쁜 소녀였다는 말이야."

"……."

선우가 그런 말을 할 줄 예상하지 못한 현청하의 눈이 동그랗게 커졌다.

그리고 선우의 목소리가 높아졌다.

"내가 봤을 때 너는 하얀 백지처럼 곱고 착한 아이였어. 처음 만난 나를 오빠라고 부르면서 따르고 기쁠 땐 목젖이 다 보이도록 큰 소리로 깔깔거리면서 웃는 그런 소녀."

"……."

"그런 너를 내가 무슨 이유로 죽이겠니? 나한테 아무런 나쁜 짓도 하지 않았는데."

"……."

"그때 나는 처음에 너를 천현가 사람으로 만났지만 나중에는 널 여동생처럼 생각했다."

현청하는 잠시 멈춘 눈물을 다시 흘리기 시작했다.

"내가 신강가 사람을 만났다면 당연히 죽였을 거야. 아직 만난 적은 없지만."

"그때 내가 신강가 재신이라는 사실을 알았으면 너는 날 죽이려고 했겠니?"

"전이야, 후야?"

"뭐가?"

"우리가 친해지기 전이었으면 죽이려고 했을 거야. 하지만 오빠라고 부른 후에는 절대로 못 죽여."

현청하는 두 주먹을 쥐고 외치듯이 말했다.

"내가 어떻게 오빠를 죽여! 내가 스스로 죽었으면 죽었지 절대로 오빠는 죽일 수 없어!"

선우는 손을 뻗어 현청하의 머리를 쓰다듬으며 빙그레 부드러운 미소를 지었다.

"그래, 나도 똑같은 마음이었어."

"그래서 오빠가 날 북한에서 추방한 거였구나?"

현청하는 마치 수도꼭지를 틀어놓은 것처럼 울었다. 선우는 그녀를 제대로 봤다. 한 올의 티도 없이 맑고 순수한…….

"그래. 하지만 나는 네가 다시 북한에 올 거라고는 예상하지 않았어."

"그때 나는 이상했어. 북한군들이 충분히 나를 죽일 수 있었는데 어째서 죽이지 않고 곱게 놔주는 것인지. 게다가 북경공항에 도착하니까 수갑과 족쇄를 풀어주고 소지품까지 돌려주었어."

현청하는 자신의 머리를 쓰다듬던 선우의 손을 두 손으로 잡고 흐느껴 울었다.

"그런데 오빠였던 거야. 오빠가 날 죽이지 않고 살려준 거였어, 으흐흑!"

현청하는 일어나서 선우에게 다가왔다.

"오빠, 오빠……."

"그래, 청하야."

"이 세상에서 날 인간으로 대해준 사람은 오빠가 처음이었어. 나는 그때 오빠를 만나고 나서 다시 태어난 기분이었어. 옛날 현청하는 죽어 없어지고 오빠로 인해서 새롭게 태어났다고 생각했어."

현청하는 선우의 무릎에 다리를 벌리고 마주 보는 자세로 앉아서 그의 품에 안겨들었다.

"오빠! 으흐흑! 오빠!"

선우는 현청하를 품에 안고 등을 쓰다듬었다.

"청하야, 우리끼리라도 서로 죽이는 어리석은 일은 하지 말자."

"그래, 오빠. 나는 오빠밖에 없어."

선우는 문득 현청하가 가련하다는 생각이 들었다. 그녀는 태어나서 지금까지 인간의 정(情)이라는 것을 한 번도 느껴본 적이 없었다.

세상사람 누구나 다 느끼면서 살아가는 정을 그녀는 선우를 만나서 처음으로 맛보았다. 그것도 딱 12시간 동안만.

"나 이제 오빠랑 헤어지지 않을 거야. 죽을 때까지 오빠하고 살 거야. 그래도 되지, 오빠?"

"그래."

선우는 현청하가 원하는 것이라면 다 해주고 싶었다. 그녀가 마현가를 버린다면 말이다.

현청하는 두 팔로 선우의 등을 꼭 끌어안고 있다가 풀고는 그를 올려다보았다.

"오빠 변장한 거야?"

"그래."

"오빠 진짜 얼굴 보고 싶어."

"지금은 곤란해. 나중에."

"알았어."

현청하는 두 팔로 선우의 목을 감고 허리를 펴면서 선우와 키 높이를 맞추었다.

"그러면 키스해 줘."

느닷없는 요구다. 그렇지만 과연 현청하다운 순진무구한 요구이기도 했다.

선우는 자신의 얼굴 앞에 있는 현청하의 얼굴을 보면서 어이없다는 표정을 지었다.

"너 키스해 본 적 있니?"

"한 번도 해본 적 없는데 영화나 TV에서 연인들이 하는 거

많이 봤어. 그래서 나도 좋아하는 사람이 생기면 키스를 해보고 싶었어."

"그건 연인들이 하는 거잖아."

"오빠가 내 연인 하면 되지."

"청하야, 서로 사랑해야 연인이지."

현청하는 눈물이 그렁그렁한 눈으로 선우를 말끄러미 바라보았다.

"사랑하는 게 뭔데?"

"글쎄… 안 보면 보고 싶고, 그리워하고, 또 그 사람 품에 안기고 싶은… 그런 거 아닐까?"

현청하는 힘차게 고개를 끄떡였다.

"그럼 나 오빠 사랑하는 거야."

"너… 읍!"

선우가 말하려는데 현청하가 입술을 덮었다.

현청하를 떼어내려던 선우는 그녀가 눈을 꼭 감고 가만히 있는 모습을 보고는 차마 떼어내지 못했다.

현청하는 키스를 처음 하는 게 맞았다. 입술만 붙이고 눈을 감고 있는데 긴 속눈썹이 파르르 떨렸다.

서로 입술만 붙이고 가만히 있는 것이 키스라고 생각하는 게 분명했다. 그것만으로도 그녀는 뭔가 전율 같은 것을 느끼는 것 같았다.

문득 선우는 현청하에게 진짜 키스가 무엇인지 알려주고 싶다는 마음이 들어 살며시 그녀의 입술을 열고 혀를 미끄러지듯이 밀어 넣었다.

현청하가 깜짝 놀라며 눈을 반짝 떴다.

선우는 그녀의 눈을 보면서 눈으로 미소를 지었다. 그리고 그녀의 혀를 슬며시 빨아 당겼다.

현청하의 눈이 화등잔처럼 커지고 눈동자가 흔들리는 걸 보면서 선우는 그녀의 혀를 입속에서 부드럽게 빨아들여 이리저리 굴렸다.

"음……."

현청하가 신음 소리를 내면서 사르르 눈을 감는데 조금 전보다 속눈썹이 더욱 거세게 떨렸다.

아니, 속눈썹뿐만 아니라 몸 전체를 바르르 떨며 단단하게 경직됐다.

선우의 목을 감고 있는 현청하의 두 팔에 점점 더 힘이 들어가 죽어도 떨어지지 않을 것처럼 꼭 끌어안았고, 선우는 두 손으로 그녀의 엉덩이를 바싹 끌어안았다.

현청하는 온몸이 촛농처럼 녹아내리는 듯한 찌릿찌릿하고 황홀한 쾌감에 정신을 잃을 지경이다.

그녀는 키스라는 것이 이렇게 흥분되고 행복한 것인 줄 상상도 하지 못했다.

선우는 이번에는 그녀의 혀를 놓아주고 대신 자신의 혀를 그녀의 입안으로 넣어주었다. 기왕지사 키스하는 것, 골고루 해보라는 것이다.

현청하는 잠시 가만히 있더니 선우가 한 것처럼 조심스럽게 그의 혀를 빨기 시작했다.

"음… 음……."

그녀는 아기가 젖을 빨듯이 열심히 선우의 혀를 빨았다. 선우의 혀에서는 꿀이 샘물처럼 솟아나는 것 같았다.

선우는 이내 현청하를 떼어냈다.

"그만 됐다."

"아……."

현청하는 꿈을 꾸는 것처럼 눈이 풀린 채 몽롱한 얼굴로 중얼거렸다.

"딴 세상에 갔다 온 거 같아."

말하다가 그녀는 의아한 듯 자신의 하체를 내려다보았다.

"그런데 뭔가 딱딱한 것이 찔러."

선우는 그녀를 일으켰다.

"이제 그만 나가자."

현청하는 일어나 선우의 아랫도리가 부풀어 있는 것을 보더니 깜짝 놀라며 얼굴이 빨개졌다.

"그게 뭐야?"

선우는 머쓱해졌다.

“어… 너랑 키스하다가 이렇게 돼버렸다.”

현청하는 두 손을 가슴에 얹고 감동하는 표정을 지었다.

“그렇게 됐다는 것은 오빠도 날 사랑하기 때문이구나?”

그녀다운 해석이다.

조선노동당 임시 회의는 성공리에 막을 내렸다.

이 자리에서 전체 상무위원과 국방위원, 정치위원, 총참모부, 정찰총국, 인민무력부, 군부의 군단장들과 사단장 등의 100% 추대를 받아 차동희가 조선민주주의인민공화국 총비서 겸 국방위원장에 추대되었다.

당 서열 1위가 된 차동희의 첫 번째 명령은 김정은을 실각시키는 것이었다.

그리고 두 번째로는 선우, 권보영 등과 미리 정해놓은 대로 새로운 내각을 구성하고 국방위원회, 상임위원회의 위원, 정치위원들을 임명했으며, 인민무력부와 인민보안성을 비롯한 군부 전체를 새롭게 조직했다.

그렇다고 해서 임시 회의가 발칵 뒤집어지는 소동이 일어나지는 않았다.

임시 회의에 참석한 모든 사람이 사전에 이 사실을 미리 알고 있었기 때문이다.

2017년 9월 27일은 영원히 역사에 기록될 날이 되었다. 장장 70여 년 동안 이어지던 북한의 김 씨 왕조 3대 세습 정권이 와해되고 새 정권이 수립됐다.

임시 회의가 끝난 직후 이런 사실이 TV와 라디오를 통해서 북한 전역으로 방송됐다.

그렇지만 북한 전역은 아직 잠잠했다. 김정은이 실각했다는 사실은 엄청난 충격이지만, 그것이 장차 북한 인민들에게 어떤 영향을 미칠 것인지 예상하지 못하기 때문에 사람들은 조용히 지켜보기만 했다.

그것은 폭풍 전야였다.

9월 27일 밤. 평양 시내 창광거리 권보영의 아파트에 선우 일행이 모여 있다.

선우와 혜령, 권보영, 오영민, 그리고 현청하와 현도도이다.

현청하는 마현가를 등졌다. 그것은 나쁘게 말하면 마현가를 배신한 것이고 좋게 말하면 악을 버리고 선의 길을 선택한 것이다.

어떻게 23년 동안 자신을 길러준 마현가를 그처럼 쉽사리 배신할 수 있는지 묻는 것은 어리석은 일이다.

굳이 비유를 하자면 23년 동안 컴컴하고 자유가 구속된 교도소에 갇혀서 살다가 어느 날 갑자기 자유를 만끽할 수 있는 바깥세상에 나오게 됐는데 다시 감옥으로 되돌아갈 바보는 없을 것이다.

더구나 바깥세상에 그녀가 가장 좋아하는 사람이 존재한다면 더더욱 감옥으로 돌아갈 마음은 생기지 않을 것이다.

아까 오전에 임시 대회가 열리고 있을 때 선우는 현청하에게 매우 중요한 얘기를 들었다.

결론적으로 말하면 이영국 체제의 북한이 와해됐다는 최종결론이 내려지면 마현가 전원을 비롯한 레미까지 총동원해서 북한 정권을 뒤집어엎겠다는 것이다.

이른바 북한과 마현가의 전쟁이다.

마현가는 남북을 통일시키는 것을 발화점으로 원대한 야망을 계획하고 있는 중이었다.

그렇기 때문에 이영국 체제의 북한 정권이 와해됐다면 원대한 야망 자체가 물거품이 돼버린다.

그러니까 무슨 일이 있어도 이영국 체제를 복원하든지 아니면 새로운 마현가의 체제를 북한에 세우는 일에 총력을 기울일 수밖에 없었다.

*　　　*　　　*

"청하야."

다들 소파에 둘러앉아 심각한 분위기 속에서 술을 마시고 있는데 선우가 옆에 앉은 현청하를 불렀다.

"응?"

지금 선우는 본래의 모습이다. 밖에 나갈 일이 없을 때는 본래 모습을 되찾는다.

현청하는 선우에게 찰싹 붙어서 그의 손을 쓰다듬으며 사랑스러운 눈빛으로 그를 바라보았다.

선우 옆에 앉은 권보영은 그걸 보면서도 아무렇지 않은 표정이다.

그녀는 워낙 대범한 성격이라서 질투 같은 것은 하지 않는 편이고, 또 지금은 현청하가 누구며 얼마나 중요한 존재인지 알기 때문에 질투 같은 걸 할 계제가 아니었다.

"레미에 대해서 알고 있니?"

"자세한 것은 몰라."

"알아낼 수 있겠니?"

"어떤 거?"

일전에 신강가는 마현가의 집회 장소인 강남의 리우빌딩을 감시하다가 세계 각지의 레미 중요 인물들을 여러 명 포착했지만 그것으로는 부족했다. 그들이 레미의 전부가 아닐 것이기 때문이다.

레미에 대해서 훨씬 더 구체적이고 자세한 내용이 필요했다. 어느 나라의 어떤 인물이 레미인지 하나에서 열까지 자세히 알아야 했다.

"전 세계 각국의 레미에 속한 인물들과 그들이 지휘, 통제하는 군대에 대해서 자세한 정보가 필요해."

그걸 알아내려면 현청하가 다시 마현가로 복귀해야만 하고, 그것을 모를 리 없는 현청하다.

현청하가 눈을 빛냈다.

"내가 마현가에 돌아가서 알아보면 알 수 있을 거야."

선우는 현청하에게 마현가로 다시 되돌아가라고 등을 떠밀어야 하는 현실이 싫었다.

하지만 지금으로선 어쩔 수가 없다. 레미에 대한 정보는 현청하 정도의 지위가 돼야만 접근할 수 있을 것이다.

그런데 현청하는 추호의 망설임도 없이 마현가로 돌아가겠다고 말했다.

그녀는 세계 평화니 뭐니 골치 아픈 것은 모른다. 다만 그러는 것이 선우를 위하는 일이라고 믿기 때문이다.

선우가 기뻐해 준다면 그녀는 기꺼이 자신의 목숨도 내놓을 수 있었다.

"청하야."

현청하는 선우가 걱정스러운 표정을 짓는 걸 보고는 오히려 그를 위로했다.

"난 괜찮아, 오빠. 그런데 레미만 알아보면 되는 게 아니잖아? 천현가가 언제 어떻게 움직일 것인지도 알아야 되잖아. 그것도 알아볼까?"

현청하는 어리숙한 사람이 아니다. 마현가 내에서는 몇 손가락 안에 꼽힐 정도의 브레인이다.

선우는 현청하를 안쓰럽게 바라보았다. 만약 현청하가 알려주지 않았으면 그는 마현가가 북한을 공격할 거라는 사실은 몰랐을 것이다.

물론 마현가가 가만있지 않을 것이라고 짐작은 했겠지만 어디까지나 짐작일 뿐 지금처럼 구체적으로 알게 되지는 못했을 것이다.

결국 선우는 고개를 끄떡였다.

"그래. 천현가의 계획에 대해서 알아낼 수 있는 건 다 알아내는 게 좋겠다."

현청하는 해맑게 미소 지었다.

"알았어, 오빠."

권보영과 혜령 등 모두는 지금 현청하가 얼마나 막중한 임무를 맡게 되었는지 잘 알고 있다.

또한 마현가의 이인자인 그녀가 마현가를 배신한 이유에 대해서 자세하게는 모르지만 선우 때문일 것이라고 짐작했다.

이번 일의 성패는 오로지 현청하 한 사람에게 달려 있었다.

그녀가 마현가의 세부적인 계획과 레미에 대해서 알아내느냐 못하느냐에 따라서 전쟁을 피할 수도 있을 테고 전쟁에 직면할 수도 있었다.

전쟁은 무조건 피해야만 한다. 정말이지 그것은 상상하는 것조차 끔찍한 일이었다.

일단 추측할 수 있는 시나리오는 이렇다.

마현가의 마고수와 마전사들이 북한에 침투하여 내부를 최대한 교란시킨다.

즉, 오늘 새로운 정권에 입각한 실세들을 무차별 공격하여 암살하는 것이다.

그리고 동시에 레미가 북한 전역을 공격한다. 아마도 레미의 육해공 전 병력이 북한으로 진격할 것이다.

그것으로 지구상에 마지막으로 남아 있던 화약고가 마침내 폭발을 일으키게 된다.

그 전쟁을 주변국들, 즉 대한민국과 중국, 일본이 그냥 좌시하고 있지는 않을 것이다.

그리고 지구상의 유일한 초강대국 미국이 개입하게 되고 이어서 러시아와 중국이 뛰어들면 어쩌면 이 전쟁은 제3차세계대전으로 이어질 수도 있다.

그러므로 이 전쟁은 무조건 막아야만 했다.

이런 사실을 선우를 비롯한 모두는 추측할 수 있었다. 그래서인지 분위기가 아주 무겁게 가라앉았다.

"오빠, 내일 아침에 출발할게."

그러나 오직 한 사람 현청하만은 해맑은 표정으로 종달새처럼 종알거렸다.

"그래."

선우는 그 말밖에 할 수 없었다.

그때 현청하가 뾰족한 코를 찡긋거리며 냄새를 맡았다.

"아, 좋은 냄새가 나네?"

그때 주방에서 요리를 하던 연나운이 몇 개의 요리가 놓인 쟁반을 들고 왔다.

냄새만으로 그게 무엇인지 깨달은 현청하는 발딱 일어나서 그걸 보더니 손뼉을 치며 기뻐했다.

"꺄악! 곱창하고 오징어볶음이야!"

현청하는 어린아이처럼 기뻐하며 연나운을 보면서 물었다.

"북한에는 곱창하고 오징어볶음이 없는 줄 알았는데 이게 어떻게 된 거죠?"

연나운이 요리 그릇을 테이블에 내려놓았다.

"주군께서 곱창구이와 전골, 오징어볶음을 만들라고 말씀하셨습네다. 어떻게 만드는지 조리법까지 알려주셨습네다."

"오빠……."

선우는 엷은 미소를 지었다.

"네가 좋아하잖아."

현청하는 너무 좋아서 발을 동동 굴렀다.

"오빠, 우리 빨리 소주 마시자. 응? 어서."

그녀는 갑자기 급해져서 소주잔을 집어 들었다.

권보영과 혜령 등은 현청하의 그런 모습이 귀여워서 잔잔한 미소를 떠올렸다.

연나운이 선우의 부탁으로 곱창과 오징어를 많이 구해다가 요리했기 때문에 모두들 원 없이 먹고 마셨다.

곱창을 처음 먹어보는 권보영과 혜령은 연신 맛있다면서 젓가락질을 쉬지 않았고, 그 바람에 가라앉았던 분위기가 화기애애해졌다.

"이거이 정말 맛있구만요!"

특히 권보영은 곱창의 매력에 푹 빠졌다.

"많이 드세요."

현청하가 곱창을 집어서 권보영의 앞에 놔주면서 웃었다.

"얼마 없는데……."

권보영이 비어가는 그릇을 쳐다보자 연나운이 냉큼 일어났다.

"또 만들면 됩네다. 얼마든지 드십시오."

선우의 맞은편에 앉은 혜령은 약간 떨어져서 앉은 오영민이 잘 먹지 않는 것을 보았다.

"어째 안 먹슴까? 곱창 앙이 좋아함까?"

"아, 좋아합니다."

오영민은 하늘 같은 선우 앞이라서 술과 요리를 먹는 것이 극도로 조심스러울 수밖에 없었다.

혜령이 오영민에게 잔을 내밀었다.

"내 잔 받기요."

"아, 네."

혜령은 선우 양옆에 권보영과 현청하가 앉아 있는 것을 당연하게 받아들였다. 혜령은 워낙 쿨한 성격이라서 그런 것은 신경조차 쓰지 않았다.

"주군은 이런 자리에서 뒤로 빼고 숫기 없는 사람 싫어하심다. 재미있게 놀기요."

"네……."

혜령의 말에 오영민은 비로소 조금씩 술과 요리를 먹기 시작했다.

선우가 현청하의 옆에 앉아 있는 현도도를 불렀다.

"도도야."

"네, 오빠."

현청하보다 한 살 많은 현도도가 오빠라고 부르자 동갑인 선우는 벙긋 웃었다.

"청하 잘 보살펴라."

"네, 오빠."

선우가 소주를 따르면서 부탁하자 현도도는 두 손으로 받으며 기쁜 표정을 지었다.

밤 10시가 되기도 전에 선우 등은 소주를 무려 20병이나 마셨다.

모두 술이 센 편이지만 오영민을 제외하곤 다들 고주망태가 되었다.

임시 대회를 잘 치러서 긴장이 풀렸고 모처럼 가족 같은 분위기에 젖은 탓도 있었다.

마지막 교통정리는 혜령이 했다. 그녀는 방이 여섯 개나 되는 권보영 집 위아래 층을 오가면서 현청하와 현도도, 오영민, 연나운 등을 각각의 방에 들여보내고 권보영을 부축해서 안방 침대에 눕혔다.

그러고는 술이 꽤 취한 선우의 손을 잡고 이 층 어느 방으로 이끌었다.

"보영인 자니?"

선우는 혜령이 자기하고 자자는 줄 알고 넌지시 물었다.

"안방에서 잔다."

"그래."

혜령은 어느 방문을 열고 선우를 들어가게 했다.

"주군께선 여기서 주무시기요."

"어, 너는?"

혜령이 따라 들어오지 않자 선우가 뒤돌아보는데 혜령이 문을 콩 닫아버렸다.

선우는 취한 중에도 혜령이 저러는 데에는 무슨 이유가 있을 거라는 생각에 방 안을 둘러보다가 침대에서 자고 있는 현청하를 발견했다.

'혜령이 저거…….'

선우는 피식 웃고는 침대로 올라가 현청하 옆에 누웠다.

현청하는 인사불성이 되도록 취했는데도 무슨 기척이 나자 벌떡 상체를 일으키며 공격할 자세를 취했다.

"누구야?"

"나야, 청하야."

"오빠……."

현청하는 선우에게 안기며 어린아이처럼 칭얼거렸다.

선우는 현청하를 꼭 안고 등을 쓰다듬었다.

"그래, 자자."

혜령이 권보영이 누워 있는 침대 옆에 눕자 자는 줄 알았던 권보영이 잠꼬대처럼 중얼거렸다.

"나그네는 어드메 있니?"
혜령은 천장을 보고 누워서 대답했다.
"현청하라는 에미나이 방에 모셔다 드렸슴다."
"기래? 잘했다이."
권보영은 그렇게 말하고는 금세 가늘게 코를 골았다.

아침에 혜령이 선우의 방에 올라가 보니 두 사람이 옷을 입은 상태로 침대에 서로 마주 보고 누워 꼭 안은 채 잠들어 있다가 문 여는 기척에 선우가 깼다.
"어, 혜령아."
혜령은 부스스 일어나 앉는 선우를 보고 조금 어이없다는 표정을 지었다.
"앙이 했슴까?"
"뭐를?"
"그거 말임다."
선우는 혜령이 무슨 말을 하려는지 깨닫고 실소를 지었다.
"나하고 청하는 그런 사이가 아냐."
"기렇슴까?"
혜령이 돌아서 나가려는데 현청하가 앉아 있는 선우에게 손을 뻗으며 잠꼬대처럼 중얼거렸다.
"우웅, 키스해 줘, 오빠."

선우는 현청하의 머리를 쓰다듬었다.

혜령은 '키스'라는 게 무엇인지 모르지만 현청하가 무엇을 원했는데 선우가 혜령 때문에 하지 못한다는 생각에 얼른 밖으로 나왔다.

그러고는 문을 다 닫지 않고 조금 남겨두고는 틈새에 눈을 대고 안을 들여다보았다.

선우가 현청하와 마주 보고 누워 그녀와 입을 맞추고 있었다.

그런데 두 사람은 입만 맞추고 있을 뿐이지 아무런 행동도 하지 않았다.

지켜보던 혜령은 5분이 지나서도 두 사람이 입을 맞춘 채 가만히 있는 것을 보곤 살며시 문을 닫았다.

북한은 계획한 대로 착착 진행되고 있었다.

남북통일은 정권이 결심했다고 해서 하루아침에 이루어지는 것이 아니다.

북한이 준비가 됐으면 그다음은 남한, 즉 한국이 준비를 끝내야 한다.

선우는 한라산 작전이 성공한 직후 연변에 있는 혜주를 한국으로 보내 오위가의 가주 오진훈과 함께 대통령을 만나보라고 지시했다.

혜주의 보고에 의하면 대통령은 마현가의 설득에 거의 90% 이상 넘어간 상태라고 했다.

마현가는 강압적인 방법은 쓰지 않고 현 대한민국 대통령 김태건이 남북통일을 이룩하는 역사적인 대통령이 될 것이라는 점을 부각시켰다고 한다.

남북통일은 우리 한민족이 반드시 이루어야만 하는 숙명적인 과업이지만 역대 여러 대통령들이 부단히 노력했음에도 불구하고 끝내 남북통일 근처에도 가지 못하고 번번이 쓰디쓴 고배를 마셨다.

그것을 현 대통령 김태건이 이룰 수 있으며 그게 얼마나 가능한 일인지에 대해서 마현가가 그럴싸한 증거 자료들과 청사진을 들이밀고 계속 설득하여 오늘에 이른 것이다.

물론 그런 데에는 대통령 비서실장이며 마현가 삼장로인 현도일의 역할이 컸다.

또한 청와대와 대통령 측근에는 마현가 인물들이 득실거리기 때문에 수백 번 찍어대는 설득에 대통령은 거의 넘어간 상황인 것이다.

그런 상황에 민정수석인 팔대호신가 황림가의 방계혈족 황종서가 정말 어렵게 대통령과 신강가가 회합할 수 있는 자리를 마련했다.

평소에는 민정수석 정도가 대통령을 사적인 일로 외부로

불러내는 일은 절대로 쉬운 일이 아니다.

하물며 지금처럼 대통령이 마현가의 설득과 회유에 거의 넘어간 상황에서 밖으로 불러내는 일은 불가능에 가깝다.

어쨌든 민정수석 황종서가 대통령을 외부로 불러내는 일은 성공했고, 그래서 평양에 있던 선우는 혜령만을 데리고 급거 한국으로 귀국했다.

*　　　*　　　*

대통령 김태건은 차창 밖을 내다보았다.

창밖에는 벌써 어둠이 깔려 있었다.

김태건은 여태 묻지 않고 따라나섰다가 비로소 조수석의 황종서에게 물었다.

"황 수석, 어디로 가는 거요?"

"민가입니다."

김태건이 뜨악한 표정을 지었다.

"식당 같은 곳으로 가는 게 아니었소?"

"대통령님께 보여 드릴 것이 있어서 부득이 민가로 모시게 됐습니다."

황종서는 대통령에게 무엇을 보여줄지 모른다. 다만 어딘가로 데려오라는 오진훈의 명령을 받았을 뿐이다.

대통령 김태건이 타고 있는 롤스로이스팬텀은 오진훈이 운전기사와 함께 보낸 것이다.

20분 후 롤스로이스팬텀은 재신저 주변의 어느 별원 정문으로 미끄러져 들어갔다.

차는 마당의 운치 있는 도로를 반원을 그리며 돌아서 저택 앞에 멈추었다.

정장 인물 두 명이 양쪽 뒷문을 열어주자 김태건과 황종서가 내렸다.

저택 앞에는 혜주와 오진훈이 서 있다가 그들을 맞이했다.

"어서 오십시오."

김태건은 오진훈을 알아보고 적잖이 놀랐다.

"아니, 오 회장님 아닙니까?"

"그렇습니다."

김태건은 오진훈에게 손을 내밀어 악수를 청했다.

"오 회장님께서 저를 부르신 겁니까?"

"아닙니다. 그분은 안에 계십니다."

오진훈이 저택을 가리켰다.

김태건은 조금 놀라면서도 불쾌한 생각이 들었다. 대한민국의 대통령이 왔는데 자신을 초대한 사람이 버젓이 저택 안에 있기 때문이다.

하지만 대한민국 재계 서열 1위인 성신그룹 총수가 김태건을 기다리고 있다는 사실만으로도 놀라운 일이다.

오진훈이 김태건에게 혜주를 소개했다.

"소개하겠습니다."

김태건은 엷은 미소를 짓고 있는 산뜻한 투피스 차림의 눈이 번쩍 뜨이는 미인을 보고 시선을 떼지 못했다.

오진훈이 혜주를 가리켰다.

"미스 코스모스이십니다."

"……."

김태건은 '미스 코스모스'라는 말에 움찔 놀랐다. 그는 눈앞의 절세미인이 자신이 알고 있는 '코스모스파이낸스'라는 글로벌 금융회사하고 연관이 있을 거라고는 생각하지 않았다.

그러기에는 눈앞의 여자가 너무 젊은 데다 아름다우며 '코스모스파이낸스'하고는 매치가 되지 않았다.

코스모스파이낸스의 규모와 매출은 성신그룹보다 최소한 3배 이상 큰데 눈앞의 절세미인이 전설적인 '미스 코스모스'라고는 믿어지지 않았다.

오진훈이 김태건의 생각을 짐작한다는 듯 정곡을 찔렀다.

"코스모스파이낸스의 CEO이신 미스 코스모스입니다."

"아……!"

김태건은 얼빠진 표정을 지었다. 코스모스파이낸스, 즉 코스모스금융은 세계 500대 기업 중에서 3위에 꼽힐 정도로 굉장한 기업이다.

전 세계에 국가는 200개가 훨씬 넘기 때문에 일국을 대표하는 대통령이나 총리 같은 것은 흔해 세계 3위의 대기업 CEO는 대통령과 비할 바가 아니다.

"어서 오세요."

혜주가 조금 더 짙은 미소를 지으면서 김태건에게 아름다운 손을 내밀었다.

"아……."

김태건은 얼떨결에 손을 내밀었다. 미스 코스모스의 손은 매우 차디찼다.

앞선 혜주와 오진훈을 따라 들어가는 김태건의 머릿속은 복잡하기 짝이 없었다.

도대체 미스 코스모스와 오진훈 같은 거물에게 김태건을 마중하라고 내보낸 인물이 누구냐는 궁금증 때문이다.

거실 소파에 앉아 있던 두 사람이 일어나서 미소를 지으며 김태건에게 다가왔다.

김태건은 두 사람 중에 한 명을 알아보고 가볍게 놀랐다. 그는 주한 미국 대사인 로건 브룩스였다.

"미스터 브룩스."

"어서 오십시오, 미스터 프레지던트."

로건 브룩스는 옆에 서 있는 잘생긴 청년을 가리켰다.

"소개하겠습니다. 케이선이십니다."

"……."

케이선 선우가 손을 내밀었다.

"처음 뵙겠습니다."

그렇지만 김태건은 너무 놀라서 손을 내밀지 못했다.

"설마……."

그는 조금 전 혜주 때보다 백 배 이상 경악했다.

로건 브룩스가 빙그레 미소 지었다.

"그렇습니다. 세계 최고 부자 케이선이십니다."

"아아, 이거……."

김태건은 정신을 차릴 수가 없었다.

그때 한쪽에서 TV를 조작하고 있던 오일정 오영민이 공손하게 말했다.

"주군, 나왔습니다."

선우는 오영민이 가리키는 벽걸이 대형 TV 앞으로 다가갔다.

TV에는 미국 대통령 셔넌 루빈스테인이 나와 있었다.

선우는 루빈스테인에게 손을 들어 보이며 오랜 친구처럼 반갑게 인사했다.

"미스터 프레지던트, 안녕하십니까?"

—오우, 영마스터! 반갑습니다!

김태건은 난데없이 TV에 미국 대통령 셔넌 루빈스테인이 나오자 혼비백산할 정도로 놀랐다.

선우가 김태건에게 루빈스테인을 가리켰다.

"대통령님, 미스터 루빈스테인하고 인사하십시오."

한 시간 후.

대한민국 대통령 김태건은 몇 가지 새로운 사실을 알게 되어 놀라움을 감추지 못했다.

그중에서 가장 크게 놀라운 일은 자신이 천현가라고 알고 있던 마현가의 실체와 그들이 꾸미고 있는 거대하고도 무서운 음모였다.

세계 최고의 부자 케이선과 미국 대통령 셔넌 루빈스테인, 미스 코스모스, 성신그룹 총수 오진훈 같은 쟁쟁한 인물들이 뭐가 아쉬워서 김태건을 불러다 놓고 사기를 치겠는가.

선우는 마현가의 음모에 대한 증거들을 김태건에게 낱낱이 보여주었다.

"대통령께선 북한의 김정은이 실각하고 정권이 바뀐 것을 알고 계십니까?"

"국정원의 보고를 들어서 알고 있습니다."

김태건이 고개를 끄떡였다.

“그리고… 천현가라는 곳이 바로 그 일을 한 것이라고 말했습니다.”

“성창주가 그랬습니까?”

“그렇습니다.”

“성창주의 본명은 현도일이고 마현가의 삼장로입니다.”

성창주는 대통령 비서실장이고 김태건이 가장 신임하는 인물이며 그가 직접 지명했다.

“그리고 김정은의 실각과 북한 새 정권을 수립한 것은 우리가 한 일입니다.”

“그… 렇습니까?”

“대통령께선 김정은이 실각된 후에 북한 권력 서열 1위가 누구라고 알고 계십니까?”

“인민무력상이던 차동희라고 알고 있습니다. 조선중앙 TV에서 그가 직접 연설하는 모습을 봤습니다.”

TV 옆에서 오영민이 공손히 보고했다.

“차동희 국방위원장 연결됐습니다.”

“허어!”

김태건은 느닷없이 또 무슨 상황이 전개되는 것인지 어리둥절한 표정을 지었다.

선우가 TV의 루빈스테인에게 말했다.

"미스터 프레지던트, 북한의 차동희를 화면에 불렀습니다. 그는 영어가 능숙하니 인사하십시오."

선우가 고개를 끄떡이자 TV 화면이 두 개로 분할되면서 한쪽에는 루빈스테인이, 그리고 다른 한쪽에는 인민복을 입은 차동희가 나타났다.

"앗!"

그걸 보고 김태건이 탄성을 터뜨렸다.

TV에서 차동희와 루빈스테인이 서로 인사하는 광경을 보면서 김태건은 자신의 눈을 의심했다.

특히 차동희 뒤쪽의 배경이 평양에 있는 금수산 태양궁전과 그 뒤쪽에 105층짜리 유경호텔이어서 의심하려야 의심할 수가 없었다.

마현가는 김태건에게 북한 권력자들의 오래된 사진과 동영상을 보여주었지만 이건 생중계 그 자체이다.

선우가 화면의 차동희에게 말했다.

"차동희 씨."

차동희 옆에는 서열 2위 국방부위원장 이정표와 3위 권보영까지 서 있는데 그들이 공손히 허리를 굽혔다.

—무고하십네까, 주군?

선우가 고개를 끄떡였다.

"자네들도 잘 있었나?"

차동희가 벙긋 미소를 지었다.

—평양으로 날래 오서서 술 한잔하서야디요.

"그러겠네. 여기 대한민국 대통령께서 나와 계시니까 서로 인사하게."

선우는 김태건에게 서로 인사하라는 손짓을 해 보였다.

"아아……."

산전수전 두루 겪은 정치 고단수 김태건이지만 이 순간만큼은 머릿속이 뒤죽박죽 정신을 차릴 수가 없었다.

게임은 끝났다. 이 상황까지 이르렀는데 김태건이 믿지 못한다는 둥 이건 아니라는 둥 버틴다면 그건 대통령이 아니라 병신 새끼다.

재신저로 돌아온 선우는 김태건, 루빈스테인과의 얘기가 잘 돼서 안도감 때문에 느긋한 기분이 되었다.

그렇지만 아직 일이 끝난 게 아니었다. 현청하가 마현가에 복귀한 지 3일이 지났지만 아직 아무런 연락이 없는 상태였다.

선우가 오랜만에 재신저에 돌아오자 그의 여자들은 기쁨에 겨워서 난리가 났다.

재신저 엘리베이터 앞에 소희와 미아, 샤론이 최대한 예쁘게 꾸민 모습으로 나란히 서서 기다리고 있었다.

스르르.

이윽고 엘리베이터 문이 열리고 선우의 모습이 보이자 소희와 미아, 샤론이 비명을 지르면서 그에게 달려들었다.

"꺄악! 오빠!"

"오빠아!"

세 소녀는 선우에게 매달리고 뺨을 비비는 등 난리법석을 떨었다.

선우는 양팔을 벌려서 세 소녀를 한꺼번에 번쩍 들어 올리고 유쾌하게 웃었다.

"하하하! 잘 있었느냐?"

세 소녀는 선우의 목이나 등, 어깨에 매달려서 바동거리며 좋아했다.

선우의 뒤에서 엘리베이터에서 내려 혜주와 서 있던 혜령은 낯선 광경에 놀란 표정을 지었다.

그녀는 혜주에게서 소희, 미아, 샤론에 대한 얘기를 들었지만 저렇게나 아름답고 미끈하며 게다가 어린 소녀들일 줄은 예상하지 못했다.

"혜주야, 쟤들 몇 살이지비?"

혜령은 세 소녀에게서 눈을 떼지 못하고 속삭이듯 물었다.

"왼쪽 애가 소희인데 스물두 살이고, 그 옆에 하얀 애가 스무 살, 그리고 서양 애는 열일곱 살이야."

"호미야!"

제일 나이가 많다는 소희가 혜령보다 열네 살이나 어리다. 서양 애하고는 자그마치 열아홉 살 차이다. 혜령이 일찍 결혼했다면 저만한 딸이 있을 것이다. 더구나 세 소녀 다 입에서 거품이 나올 정도로 아름답다.

혜령은 아무 말도 하지 못하고 그 자리에 우두커니 서서 세 소녀를 바라보았다.

혜령이 서 있는 곳에만 천둥 번개가 치면서 소나기가 퍼붓는 기분이 들었다.

"차렷!"

그때 혜주가 낭랑하게 외치자 세 소녀가 선우에게서 떨어져 재빨리 일렬횡대로 늘어섰다.

생글생글 웃는 소녀들은 처음 보는 혜령을 말똥거리면서 바라보았다.

혜주는 마치 맏언니 같은 태도로 혜령을 가리켰다.

"내 언니다. 인사해라."

소녀들이 앞으로 우르르 몰려들며 혜령의 손을 잡고 자신들의 이름을 밝히면서 반갑게 인사했다.

선우는 집무실에서 팔대호신가 가주들, 그리고 중책을 맡고 있는 사람들로부터 그동안 밀린 갖가지 보고를 받고 또 이것저것 지시를 내리고 있는 중이다.

선우 옆에는 혜주가 서서 보고자들을 일일이 들어오게 하고 내보내는가 하면 또 보고하는 내용에 따라서 부연 설명을 하거나 지적하기도 하면서 지휘했다.

그런 혜주의 모습은 영락없는 비서였다.

혜령은 한쪽의 소파에 오도카니 앉아서 그런 광경을 보며 선우의 막중한 업무와 혜주의 일사불란한 일 처리, 그리고 카리스마에 적잖이 압도됐다.

선우와 혜주는 북한을 출발해서 중국을 거쳐 한국에 도착하자마자 일을 시작해서 지금까지 거의 쉬지 않았다.

그런데도 두 사람은 피곤한 기색 하나 없이 생생한 모습으로 일을 처리하고 있었다.

'진짜 존경스럽다.'

혜령이 속으로 중얼거리고 있을 때 혜주가 들고 있던 노트북을 닫았다.

"끝이야."

혜주는 혜령의 손을 잡고 복도를 걸어갔다.

"언니는 나하고 자자."

혜령이 주위를 두리번거렸다. 집무실에서 먼저 나간 선우가 보이지 않았다.

"주군께선?"

"삼촌은 바빠."

"아직도 일이 남았어?"

"응."

혜령은 걱정스러운 표정을 지었다.

"길케 일을 마이 하시고 잠은 언제 주무시는 거이야?"

"그러게 말이야."

혜주는 마지막 일이 소희와 미아, 샤론하고 놀아주는 것이라는 설명은 하지 않았다.

제46장
내가 상남자

선우는 재신저에서 이틀 동안 묵고 있는 중이다.

오늘로서 현청하가 떠난 지 5일째인데 아직도 아무런 연락이 없었다.

너무 오래 걸리는 탓에 현청하가 걱정되기도 하지만 마현가의 북한 총공격이 더욱 걱정돼서 선우는 초조하기 짝이 없는 시간을 보내고 있었다.

그리고 그토록 기다리던 연락이 온 것은 현청하가 떠난 지 6일째 되는 새벽녘이었다.

그런데 전화 연락이 아니라 메일이 도착했다.

선우가 급히 메일을 열어보자 레미와 마현가의 북한 공격에 대한 세밀한 계획표였다.

"왔다!"

너무 기뻐서 그는 탄성처럼 외쳤다.

이것만 있으면 레미를 완전히 뿌리 뽑을 수 있으며 마현가의 북한 공격을 사전에 봉쇄할 수 있다.

선우는 메일을 재신저 메인 컴퓨터로 전송시켜 놓고 그때부터 현청하의 연락을 기다렸다.

메일을 보냈으니 그다음에는 현청하가 전화를 할 거라고 생각했다.

그렇지만 10분 정도 기다렸는데도 현청하에게서는 아무런 연락이 없었다.

레미와 마현가 계획에 대해서 메일을 보냈으면 그다음에는 현청하가 마현가를 빠져나온다든가 아니면 선우와 어디에서 만나기로 하자는 연락이 와야 하는데 그런 게 없어서 선우는 속이 바짝바짝 탔다.

선우가 나쁜 놈이라면 목적을 이루었으니 현청하가 어떻게 되든지 상관하지 않을 것이다. 어차피 마현가 여자니까 이용하고 버리면 그만이다.

그렇지만 선우가 나쁜 놈이든 뭐든 간에 절대로 그럴 수는 없었다. 그는 지극히 인간적인 사람이기 때문이다. 현청하에게서 연락이 오지 않으니 그녀의 등을 떠밀어서 마현가로 되돌려 보낸 것이 몹시 후회됐다.

현청하는 레미와 마현가의 구체적인 계획을 알아낸 다음 곧바로 마현가를 탈출해서 선우에게 연락하기로 사전에 약속했다.

그런데 그녀가 아직까지 연락을 하지 않는다는 것은 그녀의 신변에 무슨 일이 벌어졌다는 뜻이다.

객관적으로 따졌을 때 현청하 한 목숨보다 레미와 마현가의 계획이 훨씬 무게가 나가는 것이 사실이지만 선우는 절대 객관적일 수가 없었다.

휴게실에 선우와 혜주, 혜령이 가라앉은 분위기 속에 앉아서 침묵을 지키고 있었다.

선우만큼은 아니지만 혜주와 혜령도 현청하를 걱정하는 마음 때문에 마음이 무거웠다.

그때 귀에 익은 노랫소리가 흘러나왔다.

길을 걸을 때
왼발을 내밀면서
널 사랑한다고 혼잣말로 말하고
오른발을 내밀면서

죽을 때까지 사랑하겠다고 말하리라

마리의 노래 '내가 사는 이유'로 선우 휴대폰의 통화 연결음이다.

선우는 테이블에 놓은 휴대폰을 급히 집어 들었다.

휴대폰 창에 뜬 전화번호는 현청하의 것이어서 선우는 급히 통화 버튼을 눌렀다.

생각 같아서는 청하를 소리쳐 부르고 싶었지만 꾹 눌러 참고 휴대폰을 귀에 대고 가만히 있었다. 만에 하나 상대가 현청하가 아닐 수도 있기 때문이다.

그런데 저쪽에서 아무 말도 하지 않았다. 그렇게 서로 말없는 상태로 10초쯤 지났다.

혹시 통화가 끊어진 것이 아닐까 해서 확인해 봤지만 여전히 통화 중이다.

혜주와 혜령은 선우가 아무 말도 하지 않고 있는 이유를 짐작하고 가만히 지켜보았다.

선우는 손짓으로 한쪽에 있는 오영민에게 신호를 보냈다. 선우의 휴대폰으로 전화가 걸려 온 위치가 어디인지 알아내라는 사인이다.

오영민은 즉시 대기하고 있는 재신저의 기술 요원에게 명령을 내렸다.

선우는 조바심이 났지만 꾹 눌러 참았다. 그는 시간이 지날수록 지금 전화를 한 상대가 현청하가 아닐 거라는 생각이 점점 굳어졌다.

그녀가 전화를 했다면 이렇게 아무 말도 하지 않을 리가 없기 때문이다.

선우는 잔뜩 귀를 기울였다. 그의 청력은 보통 사람보다 열 배 이상 뛰어나므로 저쪽에서 나는 어떤 소리라도 감지하려고 노력했지만 허사였다.

모르긴 해도 저쪽에서도 이쪽이 먼저 말하기를 기다리고 있는 모양이다.

—여보세요?

그때 전화가 걸려온 지 30초가 지나서야 저쪽에서 조심스러운 여자의 목소리가 들려왔다.

그런데 현청하나 현도도가 아니고 선우로서는 처음 듣는 목소리다.

—여보세요?

저쪽에서 다시 한번 부르고 나서야 선우가 대답했다.

"누구십니까?"

—나는… 청하 언니예요.

저쪽의 여자는 그렇게 말했지만 현청하 언니가 아니다. 그녀는 부모가 돌아가셨으며 형제는 오빠와 자신 둘뿐이라고 말했다.

현청하가 언니라고 부르는 사람은 현도도뿐인데 이건 현도도의 목소리도 아니었다.

—거기 전화 받으신 분은 누구신가요?

그렇게 묻는데 아무 말도 하지 않는 것이 이상할 수도 있어서 선우는 목소리를 변형해서 약간 하이 톤으로 대답했다.

"권현수라고 합니다."

—뭐 하시는 분인가요?

계속 묻기만 하는 걸 보니 이상하다. 어쩌면 현청하가 선우에게 메일을 보내다가, 아니면 보낸 직후에 발각돼서 휴대폰을 뺏겼으며 다른 사람이 그녀 휴대폰으로 선우에게 전화를 걸었을지도 모른다.

"회사원입니다. 그런데 그쪽은 누군데 무슨 일로 전화를 한 겁니까?"

—무슨 회사 다니죠?

선우가 묻는 말에 대답은 하지 않고 계속 질문이다.

"대체 누군데 꼬치꼬치 묻는 겁니까?"

혜주가 재빨리 종이에 뭔가를 써서 선우에게 보여주었다.

—죄송해요. 하지만 아주 중요한 일이라서 그래요. 무슨 회사에 다니시는지 말씀해 주실 수 없을까요?

선우는 혜주가 내민 종이에 적힌 회사 이름을 댔다.

"우진건설입니다."

―네, 그러시군요.

선우는 저쪽에서 우진건설이라는 회사가 있는지, 그리고 거기에 권현수라는 사람이 다니고 있는지 확인에 들어갈 것이라고 짐작했다.

혜주가 손짓하자 재신저 기술 요원들이 능숙하게 전산 조작을 했다.

―저기 말이죠.

"바쁩니다."

선우는 조금 불쾌하다는 어조로 내뱉었다.

―이쪽에서 실수로 댁한테 중요한 메일을 보낸 것 같은데… 메일 받으셨나요?

"그런 거 받은 적 없습니다."

통화 진행상 선우가 이쯤에서 끊어야 하지만 아직 상대의 위치를 파악하지 못했다.

―다시 한번 확인해 보세요. 아주 중요한 거라서…….

선우는 잠시 뜸을 들이고 나서 조금 전보다 더 불쾌해진 목소리로 대꾸했다.

"확인해 봤는데 그런 거 없습니다. 이제 됐습니까?"

그때 오영민이 위치를 파악했다고 수신호를 보냈다.

―이것 보세요, 권현수 씨. 여기 정부 기관이에요. 우리가

우진건설에 직접 찾아가면 댁이 곤란해질 수도 있어요. 사실대로 말하지 않았을 경우에 말이죠. 설마 그러기를 바라는 건 아니겠죠?

"그럼 회사로 찾아오든지 말든지 마음대로 하세요."

현청하가 어떻게 됐는지 알아내야 하지만 상대 여자에게서 알아낸다는 것은 어림도 없는 일인 것 같았다.

저쪽에서 우진건설에 권현수라는 직원이 근무하는 사실을 확인한 것 같았다.

혜주의 명령으로 재신저 기술 요원들이 재빨리 임기응변으로 우진건설에 권현수라는 가공인물을 심지 않았으면 곤란해질 뻔했다.

—정부 기관을 상대로 그런 자세는 좋지 않군요. 자, 다시 묻겠어요. 메일 받은 거…….

"정부 기관 어딥니까? 내가 지금 당장 그쪽으로 갈 테니까 말해봐요."

상대 여자가 아무 말도 하지 못했다.

"자꾸 귀찮게 굴면 경찰에 신고할 테니까 그런 줄 아슈."

선우는 평범한 사람이 떽떽거리는 것 같은 반응을 보이고는 통화를 끝냈다.

그는 휴대폰을 집어넣으며 물었다.

"위치가 어디야?"

오영민이 대답했다.

"성북동입니다."

선우는 휴대폰이 계속 울렸지만 받지 않았다.

그는 벌떡 일어났다.

"커맨더 연결해."

스포그에는 사령탑인 커맨드가 있으며 그곳 지휘자가 사령관인 커맨더이다.

벽걸이 대형 TV에 커맨더가 나왔다.

"주군, 커맨더 나왔습니다."

선우는 커맨더를 쳐다보았다.

"메일 받은 거 다 보내."

—전 세계 각국으로 말입니까?

"그래. 반드시 대통령이나 총리 앞으로 보내게. 한국 대통령에게 보내는 거 빼먹지 말고."

—알겠습니다.

"그리고 행동대원들 모두 대기시켜."

—그러겠습니다.

말을 마친 선우는 문으로 향했다.

"가자."

레미는 해결됐다. 이제는 마현가를 처리해야 하는데 어쩌면 이제부터 그걸 실행해야 할 것 같다는 예감이 들었다.

"재신팔정 모두 따라와라."

오영민이 재빨리 나머지 재신칠정에게 연락을 취하면서 선우의 뒤를 따랐다.

선우는 따라 나오려는 혜주와 혜령을 제지했다.

"혜주하고 혜령은 여기 있어."

"주군."

선우는 혜주의 뺨을 가볍게 두드렸다.

"재신저가 공격당하면 어쩔 거야?"

"……."

재신저가 공격당할 리 없다. 선우는 혜주와 혜령을 보호하려는 것이고, 그걸 모를 리 없는 그녀들이다.

서울시 성북동.

선우는 자신의 휴대폰으로 전화를 한 위치의 대저택을 내려다보고 있다.

지금 그는 북악산 끝자락 어느 나무 위에 서 있으며, 아래쪽에는 천 평 이상 됨직한 거대한 대저택이 웅크리고 있다.

바로 그곳에서 선우에게 전화를 했다.

저택은 본 건물과 세 채의 부속 건물로 이루어져 있으며, 본 건물은 3층이고 얼핏 보기에도 3백 평은 될 것 같았다.

저기가 어딘지는 모르지만 현청하가 있을 가능성이 높다.

그리고 어쩌면 현청하의 오빠이며 마현가의 최고 우두머리이고 적통일계인 신주 현풍림이 도사리고 있을 수도 있었다.

만약 저기에 현풍림이 있다면 선우하고의 일전을 피할 수 없을 것이고, 그것으로 천 년 묵은 신강가와 마현가의 오랜 전쟁에 종지부를 찍을 수도 있을 것이다.

선우는 대저택 안팎에 카메라 수십 대가 자동으로 회전하고 있는 것을 보았다.

하지만 카메라는 선우가 있는 곳과 재신팔정이 대기하고 있는 장소까지는 미치지 못했다.

선우는 숨을 한 차례 길게 내쉬었다가 들이쉬고는 짧게 중얼거렸다.

"간다."

타앗!

선우는 딛고 서 있는 나뭇가지를 가볍게 박차고 둥실 허공으로 떠올랐다가 머리를 아래로 한 자세로 곧장 대저택 본 건물을 향해 한 마리 독수리가 비행하듯 내리꽂혔다.

이제 화살은 활시위를 떠났다.

착.

선우는 허공에서 빙글 한 바퀴 회전하고 본 건물 3층 옥상에 가볍게 내려섰다.

옥상 지붕과 모서리에 있는 카메라 3대가 빙그르르 선우

쪽으로 회전했다. 센서가 있어서 움직임을 감지하면 저절로 작동하는 모양이다.

그러나 카메라들은 아무것도 촬영하지 못했다.

우직.

선우가 그전에 옥상의 잠긴 문을 잡아당겨 간단하게 뜯어버리고 안으로 진입했기 때문이다.

문 안으로 진입한 선우는 앞에 짧은 계단이 있어서 훌쩍 뛰어 계단 아래에 내려섰다.

밖에서 봤을 때 3층은 100평 정도 크기였으며 약간 직사각형이었다.

그가 서 있는 계단 아래는 정사각형의 가로세로 10m 정도의 공간이며 창문은 없고 양쪽에 2인용 소파가 각각 두 개씩 놓여 있고 소파 옆에 복도가 있다.

그리고 선우가 내려선 곳 옆에 아래층으로 내려가는 계단이 이어져 있다.

스르르.

선우가 오른쪽 복도로 가려고 하는데 복도 입구 위쪽에서 검은색의 벽 같은 것이 빠르게 내려왔다.

왼쪽을 쳐다보자 그쪽 복도에서도 칸막이 같은 것이 내려오고 있었다.

양쪽 복도를 차단하는 것 같은데 선우가 내달리면 차단막이 다 내려오기 전에 통과할 수 있을 테지만 어쩌나 보려고 그냥 서 있었다.

쿵!

묵직한 음향이 나면서 양쪽 복도의 차단막이 바닥에 닿았다.

선우는 오른쪽 복도로 걸어가면서 계단 아래를 내려다보자 계단 중간에 차단막이 내려와 있다.

조금 전에 내려온 옥상으로 가는 계단을 보니 거기에도 중간에 차단막이 내려져 있다. 결과적으로 선우는 3층 공간에 갇혀 버린 것이다.

만약 차단막을 부수거나 뚫지 못하면 꼼짝없이 갇히는 신세가 되겠지만 그런 걱정은 하지 않았다.

그렇지만 차단막이라니 제법이다. 이곳이 평범하지 않은 곳이라는 생각이 굳어지게 해준다.

선우는 오른쪽 복도의 차단막으로 걸어가면서 오른손에 강신력(姜神力)을 모았다.

젖먹이였을 때 몸에 꽂힌 금침을 제거하고 나서 되찾은 능력 중의 하나인데 신강사관에서 훈련을 한 이후 바깥세상에 나와서는 처음 사용해 본다.

강신력은 태어나면서부터 지니고 있던 것이며 세월이 지나면서 스스로 점점 크고 강해졌다.

선우는 차단막 세 걸음 앞에서 주먹을 힘껏 뻗으며 강신력을 뿜어냈다.

큐웅!

묘한 발사음이 나면서 그의 주먹에서 눈에는 보이지 않는 무형의 기운이 쏟아져 나갔다.

쩌엉!

그러고는 꽁꽁 얼어붙은 호수의 얼음에 커다란 해머를 내려친 듯한 음향이 터졌다.

쩌어억!

그 순간 차단막이 산산조각 나면서 흩어져 태풍처럼 앞으로 날려 가는데 보니 두께 한 뼘 정도의 강철 조각이다. 이 정도 두께라면 웬만한 대포로도 뚫리지 않을 텐데 선우의 주먹 한 방에 산산조각 가루가 돼버렸다.

*　　　*　　　*

그쪽 복도는 꽤 길고 양쪽에 도합 다섯 개의 방이 있으며, 지금 한 군데를 제외한 네 곳에서 한꺼번에 30여 명의 사내가 우르르 쏟아져 나오고 있었다.

선우가 옥상에서 입구를 부쉈을 때 침입자가 있다는 사실이 알려졌을 것이다.

사내들은 누구 할 것 없이 반원형으로 생긴 붉은 파이프 같은 물체의 안쪽을 손으로 잡고 있었다. 두 개의 파이프 끝은 선우를 향하고 있는데 그곳에서 총탄이 발사되었다.

쿠투투투툿!

보통 총소리가 아닌, 찢어지고 물먹은 북을 마구 두드리는 듯한 탁한 소리가 나면서 시뻘건 불꽃이 번쩍이며 수십 줄기 빛이 선우를 향해 우박처럼, 그러나 총알보다 더 빠른 속도로 뿜어졌다.

그러나 선우는 피하거나 물러서기는커녕 오히려 전진하면서 슬쩍 손을 내밀었다. 그러자 수십 줄기의 빛이 멈칫하는가 싶더니 느닷없이 왔던 곳으로 되돌아갔다.

파아아!

사내들, 즉 마현가의 전사들이 발사한 한 줄기 붉은빛은 여러 개의 붉게 빛나는 총탄들이 줄줄이 길게 이어진 것인데 그것들이 발사한 사내들의 온몸을 벌집으로 만들어 버렸다.

퍼퍼퍼퍼퍽! 파파파아아!

"흐악!"

"크억!"

선우에게 이상한 무기를 발사한 사내들은 단 일 초 만에 모조리 쓰러졌다.

그들의 몸이 바닥에 닿기도 전에 선우는 다섯 곳의 방 중에서 아무도 나오지 않은 한 곳으로 달려갔다. 마현가 전사들이 아무도 나오지 않은 것이 이상했다.

으적.

그곳 역시 철문인데 선우가 발로 걷어차자 지푸라기처럼 세로로 절반이 쪼개져 안으로 날려갔다.

꽤 넓은 실내에는 전자기기와 모니터가 가득 들어차 있으며, 각 기기 앞에는 남녀 20여 명이 앉아 있다가 들이닥친 선우를 보고 크게 놀라고 있었다.

앉아 있던 남녀 20여 명 역시 조금 전 마현가의 전사들처럼 재빨리 반원형의 무기를 꺼내 선우에게 겨누었다.

그러나 그보다 더 빨리 선우가 강신력을 발출했다.

큐후웅!

정확하게 스물두 줄기의 무형 기운이 부챗살처럼 좍 펼쳐지더니 남녀들의 얼굴을 관통했다. 이것은 겨냥하고 자시고 할 것도 없이 그냥 발출하면 강신력이 적을 향해서 유도탄처럼 날아가는 원리이다.

퍼퍼퍼퍼어억!

"크윽!"

"캑!"

"끄으……."

그들은 얼굴에 엄지손가락 굵기의 구멍이 숭숭 뚫려서 뒤로 퉁겨지며 즉사했다.

선우는 손목에 차고 있는 여러 용도로 사용하는 시계에 대고 명령했다.

"오영민, 삼 층으로 기술 요원들을 보내라."

선우가 보기에 이 방은 통제실인 것 같았다. 말하자면 이곳이 대저택 전체 시스템을 관할하는 곳이다.

이곳을 장악한다면 이곳 대저택의 눈과 귀를 막아버려서 싸움에 유리할 것이다.

그가 통제실에서 나오는데 네 개의 방에서 15, 6명의 사내들이 더 쏟아져 나오다가 그와 마주쳤다. 조금 전에 미처 나오지 않은 마현가 전사들이다.

후아악!

볼 것도 없이 선우의 몸에서 눈보라 같은 하얀 알갱이가 섞인 기운이 나와 그들을 향해 뿜어졌다.

찌이잉!

한겨울 깊은 밤중에 호수가 얼어붙을 때 나는 소리가 복도를 가득 메웠다.

그 순간 놀랍게도 선우가 서 있는 곳을 제외하고 복도 전체가 꽁꽁 얼어붙었다.

복도에 나와서 선우에게 무기를 겨누던 전사들이나 방에서 나오고 있던 전사들 모두 마치 시간이 정지해 버린 것처럼 얼어버렸다.

쩌엉!

그리고 선우가 몸을 돌려 복도 바깥으로 나가려고 하자 갑자기 거대한 얼음이 산산이 박살 나며 바닥에 와르르 쏟아졌으며, 사내들은 잘게 부서져 얼음 조각 속에 묻혔다.

선우는 반대편 복도의 네 개의 방에 있던 남녀 50여 명을 모조리 죽였다.

양쪽 복도와 중간의 공간에는 마현가 전사들의 시체가 그득했다. 이 싸움에서 선우는 마현가 전사들을 인정사정 봐주지 않았다.

그들을 내버려 둔다면 사회에, 그리고 인류에 해악이 될 것이고, 잠시 기절시킨다면 나중에 깨어나서 다시 적이 될 것이기 때문이다.

선우의 성품이 워낙 온후하고 순수해서 안쓰러운 마음이 들기는 했으나 지금은 어쩔 수 없이 마음을 독하게 먹어야 할 때였다.

그때 선우의 귀에 꽂은 이어폰에서 누군가의 다급한 목소리가 터졌다.

―주군, 본관 이 층에 굉장한 실력자가 있습니다! 동료들이 맥을 못 추고 당하고 있습니다!

이 층이면 한 층 아래다. 선우는 길게 생각할 것도 없이 두 발에서 강신력을 뿜어냈다.

우적!

선우가 서 있는 발밑 바닥이 폭격을 맞은 것처럼 푹 꺼지면서 그는 아래로 뚝 떨어졌다.

그곳은 매우 넓은 회의실 같은 곳이며 재신팔정의 행동대원들과 마현가의 전사들 약 40여 명이 한데 뒤엉켜 치열한 전투를 벌이고 있는 중이었다.

재신팔정의 부하들은 정타라는 무기를 사용하고 마현가의 전사들은 선우가 조금 전에 본 기형 무기를 사용하는데 신강가의 정타가 좀 더 위력을 발휘하고 있었다.

전체적으로 봤을 때 신강가의 행동대원들이 우세한 싸움을 벌이고 있어서 선우는 마음이 놓였다.

하지만 바닥에는 꽤 많은 사람이 쓰러져 있고 그들 중에는 이미 죽은 자도 많았는데, 선우 눈에는 신강가 행동대원밖에 보이지 않았다.

사실 쓰러진 사람은 열다섯 명이고 그중에서 신강가 사람은 네 명뿐이며 그들 중에서 죽은 사람은 아무도 없는데도 선우는 가슴이 쓰라렸다.

―주군! 어디 계십니까? 동쪽 끝의 휴게실 같은 곳입니다! 여기 급합니다!

그때 조금 전 선우에게 무전을 보낸 목소리, 즉 송일정인 송효선이 악을 쓰듯이 외쳤다.

송효선은 재신팔정의 한 명이며 팔대호신가 송보가의 직계 혈족 일계로서 송보가 서열 2위이다. 그런 그녀가 이처럼 악을 쓰고 있다면 상대가 마현가 신주일 가능성이 높았다.

선우는 회의실을 뛰어나가 동쪽으로 내달렸다. 중간에 신강가 행동대원들과 마현가 전사들이 뒤엉켜서 싸우고 있지만 상관하지 않고 그들의 머리 위로 빛처럼 빠르게 날아갔다.

콰쾅!

잠시 후에 선우는 이 층 동쪽 끝 어느 방의 벽을 뚫고 안으로 쏘아 들어갔다.

그곳은 한눈에도 편하게 쉬는 공간, 즉 휴게실 같았으며 40평 정도로 매우 컸는데 벽에는 대형 TV 여러 대와 바닥에는 깨진 테이블과 소파, 그리고 신강가 행동대원들과 마현가 전사들이 30여 명쯤 뒤섞여 쓰러져 있었다.

선우는 재빨리 상황을 파악해 보았다.

재신팔정 중에 무려 다섯 명, 그리고 행동대원 십여 명이 포위한 상태로 싸우고 있는 인물이 있다.

바로 현풍림이다.

현풍림은 위아래 고급스러운 트레이닝복을 입고 있는 것으로 보아 선우와 신강가가 공격할 줄 추호도 예상하지 못한 것 같았다.

현풍림은 재신팔정 중 다섯 명, 즉 재신오정을 비롯한 행동대원들의 집중 공격을 받으면서도 전혀 수세에 몰리지 않고 오히려 그들을 거칠게 공격하고 있었다.

재신오정은 신강가의 무기인 정타를 사용하면서도 초능력, 즉 정수체 공격을 병행하고 있었다.

이들은 팔대호신세가에서 가장 뛰어난 최정예 일정을 이끄는 우두머리 일정주들이다.

팔대호신가 혈족이라면 많고 적음의 차이가 있지만 모두 몸에 정수체라는 것을 선천적으로 지니고 태어난다.

그들 중에서도 일정주라면 가주 다음으로 많은 정수체를 지니고 있으며 8레벨이다.

또한 그들은 몸 안의 정수체를 마음대로 발휘할 수 있는 훈련을 수없이 받았기 때문에 이를테면 무협 소설에 등장하는 장풍이나 수도(手刀) 같은 것을 자유자재로 사용한다.

그들의 부하인 일정들은 6~7레벨로 일정주에 조금 못 미치는 수준이다.

그런데 그들 열다섯 명의 정타와 정수체의 집중 공격을 받으면서도 외려 무시무시한 반격을 가하고 있는 인물이라면 현풍림이 분명하고 또 오로지 선우만이 그를 상대할 수 있었다.

현풍림의 공격은 한눈에 봐도 알 수 있다. 그가 두 손으로 발출하는 기운은 흑색 아니면 붉은색이다. 끝이 송곳처럼 뾰족하게 회오리치며 흑광이나 홍광이 번쩍이면서 뿜어진다.

선우는 지금껏 마전사와 마고수 여러 명을 상대했지만 저런 대단한 위력은 처음 본다.

선우가 벽을 뚫고 들어와 허공에 멈춰 있는 동안 모두의 시선이 그에게 집중되었다. 불과 0.5초 동안 상황 파악이 끝난 선우는 곧장 현풍림에게 덮쳐가면서 위맹한 강신력을 쏟아냈다.

현풍림은 선우를 발견한 순간 표정이 가볍게 변했다가 그가 무형의 강신력을 뿜어내자 얼굴에 분노가 떠올랐다. 선우가 누구라는 것을 알아차린 것이다.

선우가 강신력을 발출하자마자 현풍림은 흑색의 기운을 신경질적으로 뿜어냈다.

콰웅!

그가 뿜어낸 기운은 캄캄한 밤하늘에 새카만 빛이 번쩍이는 것 같은 광경을 연출했다.

꽈르릉!

강신력과 흑색 기운이 충돌하자 고막이 터질 것 같은 굉음이 터지며 파도 같은 여파가 사방으로 퍼져서 신강가 사람이든 마현가 사람이든 한꺼번에 뒤로 날려갔다.

"우앗!"

"흐억!"

여파에 날려서 죽지는 않았지만 모두들 균형을 잡지 못한 채 이리저리 휘날렸다.

선우와 현풍림은 반탄력 때문에 똑같이 뒤로 쏜살같이 튕겨져서 날아갔다.

선우는 방금 강신력을 쏟아낸 오른팔이 뻐근한 것을 느꼈다. 그만큼 현풍림의 흑색 기운이 강하다는 뜻이다.

선우가 태어나서 처음으로 맞이한 강적이다. 그는 튕겨났다가 벽에 발을 딛는 순간 힘껏 벽을 밀어내면서 현풍림에게 저돌적으로 쏘아가며 이번에는 조금 전보다 30% 정도 더 강력한 강신력을 힘차게 뿜어냈다.

키우웅!

이번에도 선우는 전력을 다하지 않았지만 이 정도면 현풍림을 일단 격퇴시킬 수 있을 것이라고 믿었다.

현풍림도 방금 선우와 한 차례 격돌해 봤기 때문에 방심하지 않고 선우처럼 튕겨났다가 벽을 발로 찍고 되돌아오면서 이번에는 붉은 기운, 홍광을 뿜어냈다.

조금 전에 선우가 현풍림이 싸우는 광경을 봤을 때 그는 단지 붉은색의 기운을 발출하고 있었는데 이건 화산 폭발 때 흘러나오는 용암의 색깔과 흡사했다.

그리고 다음 순간 선우는 넓은 실내를 가득 메운 뜨거운 열기를 느꼈다.

현풍림이 뿜어낸 홍광 때문이다. 얼마나 뜨거우면 단지 뿜어낸 것만으로 실내 가득 열기가 가득 차겠는가.

그런데 만약 선우가 발출한 강신력과 현풍림의 홍광이 격돌하게 되면 홍광의 열기가 사방으로 흩어져서 날아가며 신강가 사람이나 마현가 사람들을 마구잡이로 다치게 만들 것이다.

그 순간 선우는 방금 발출한 강신력에 공신기의 극한 기운을 가중시키면서 그 속에 무엇보다도 강한 금탄 다섯 개를 쏘아 보냈다.

쐐애애액!

초음속 제트기가 하늘을 날 때처럼 고막을 찢을 듯한 날카로운 음향이 터져 나왔다.

쩌꺼꺵!

현풍림의 홍광과 선우의 강신력에 더해진 공신기의 극한 기운이 정통으로 부딪쳤다.

그 순간 사방으로 확산되려는 홍광의 극열 기운을 공신기의 극한 기운이 얼려 버렸다.

그리고 그 한복판으로 다섯 개의 금빛 탄환이 빛처럼 쏘아갔다.

현풍림은 자신이 발출한 홍광의 극열 기운으로 신강가나 마현가 사람들이 마구잡이로 죽거나 다치는 것은 추호도 신경 쓰지 않았다. 오로지 신강가의 재신이라고 짐작되는 자만 죽이면 그만이라는 생각이었다.

그런데 신강가의 재신이 처음에 발출한 무형의 기운에 차디찬 극한 기운을 주입해서 홍광이 흩어지는 것을 방지하는 것을 보고 현풍림은 속으로 쾌재를 불렀다.

한 번에 두 가지 수법을 발휘하면 아무래도 그만큼 기력이 떨어질 것이고 허점이 드러날 테니 그때를 노려서 급습을 가하려는 생각을 했다.

그런데 신강가의 재신은 두 가지 수법 한복판에 다섯 개의 금빛 탄환을 더 쏘아 보낸 것이다. 현풍림으로서는 흉내조차 낼 수 없는 신기(神技)에 가까운 일이다.

현풍림은 다급하게 몸을 비틀어 금탄을 피했다.

"허엇!"

파파아!

그러나 세 개는 피했지만 두 개를 미처 피하지 못해 왼쪽 어깨와 오른쪽 뺨에 맞고 말았다.

금탄 하나가 그의 왼쪽 어깨를 관통했으며 또 하나는 오른쪽 뺨을 길고 깊게 찢어놓았다.

콰득!

현풍림은 어깨에 금탄을 맞은 반탄력을 빌려 뒤로 날아가는 체하다가 벽을 뚫고 바깥으로 도주했다.

현풍림이 설마 도망칠 것이라고는 예상하지 못한 선우는 한 발 늦게 그가 뚫어놓은 벽을 통해 밖으로 쏘아나갔다.

선우는 바깥의 정원을 비롯한 어디에서도 현풍림을 발견하지 못하고 오영민에게 무전을 보냈다.

"통제실, 현풍림이 어디로 갔는지 확인해라."

삼 층 통제실을 장악하고 있는 신강가 기술 요원들이 CCTV를 통해서 현풍림의 행적을 쫓는 데 시간이 걸릴 거라고 생각한 선우는 다시 실내로 들어가 마현가 전사들을 닥치는 대로 죽이기 시작했다.

선우가 휴게실에서의 싸움에 가세하자 마현가 전사들은 추풍낙엽처럼 이리저리 날려가며 죽기에 바빴다.

"물러서지 마라! 저놈을 집중 공격해라!"

그때 선우는 바락바락 악을 쓰면서 마현가 전사들을 독려하는 캐주얼 차림의 미녀 한 명을 발견했다.

그는 그녀의 목소리를 듣는 순간 그녀가 아까 현청하의 휴대폰으로 자신에게 전화를 건 여자라는 사실을 간파했다.

선우가 슬쩍 어깨를 비틀자 어느새 그는 여자의 정면에 유령처럼 나타났다.

"앗!"

느닷없이 불쑥 나타난 선우를 발견한 여자가 깜짝 놀라 움찔 몸을 떨었다.

그 순간 여자는 벼락같이 선우에게 두 주먹을 뻗었다.

휴우웅!

그러나 여자가 쏟아낸 기운은 선우에게 닿기도 전에 사라져 버렸다. 선우가 손을 쓸 것도 없이 몸에서 공신기를 뿜어 흐트러뜨린 것이다.

그뿐만이 아니라 선우는 공신기를 뿜어서 여자의 온몸을 꽁꽁 묶어버렸다. 꼼짝도 못 하게 된 여자가 눈을 부릅뜨고 선우를 노려보았다.

"으으, 네놈은 누구냐?"

선우는 빙그레 웃었다.

"나? 우진건설의 권현수다."

"……."

여자의 눈이 찢어질 것처럼 커졌다.

선우가 조용한 목소리로 물었다.

"청하는 어디에 있느냐?"

"이 개새끼야! 내가 그걸 말할 것 같으냐?"

여자, 현풍림의 애인인 그녀는 피를 토하는 것처럼 발악하며 악을 썼다.

순간 그녀의 몸이 쏘아낸 화살처럼 빠르게 한쪽 벽을 향해 날아갔다.

"아앗!"

그러고는 벽에 둔탁하게 충돌했다.

퍼억!

선우는 여자가 짓이겨져 즉사한 걸 보지도 않고 다시 마현가 전사들을 죽이기 시작했다.

—주군! 찾았습니다! 안내하겠습니다!

그때 이어폰에서 오영민의 목소리가 들렸다.

그곳은 지하실이었다.

계단을 빙글빙글 돌아서 내려간 막다른 곳에 문 하나가 있는데 그걸 부수고 들어가자 놀랍게도 그곳에 현청하와 현도도, 그리고 현풍림 세 명이 있었다.

현청하와 현도도는 침대에 앉혀 있으며 손발이 묶이고 입에는 재갈이 물려 있는 모습이고, 침대 옆에 현풍림이 서서 선우를 쳐다보고 있었다.

현청하와 현도도 같은 마고수를 묶은 줄이라면 평범한 줄이 아닐 것이다.

"청하야!"

선우는 반가움에 찬 목소리로 외쳤지만 함부로 다가가지 못했다. 다가갔다가 현풍림이 그녀들에게 무슨 짓을 할지도 모르기 때문이다.

현풍림은 왼쪽 어깨와 뺨에서 피를 낭자하게 흘리며 선우를 노려보고 있었다.

"너 청하한테 무슨 짓을 한 거냐?"

선우는 천천히 걸어가며 대답했다.

"아무 짓도 하지 않았다."

"거기 서라! 한 발자국이라도 움직이면 이년들을 죽이겠다!"

현풍림이 버럭 소리를 질렀다.

선우 눈에는 현풍림이 사람으로 보이지 않았다. 사람이라면 아무리 배신을 했기로서니 친동생을 죽이겠다는 협박 같은 건 하지 못할 것이다.

선우가 멈추자 현풍림이 피투성이 얼굴을 일그러뜨리면서 중얼거렸다.

"너 청하하고 잔 거냐? 그래서 청하가 널 위해 비밀을 빼돌린 것이냐?"

"그러지 않았다."

"그러지 않았으면 청하가 그런 일을 할 리가 없다!"

선우는 조용히 말했다.

"나는 청하의 진짜 오빠가 돼주었을 뿐이다."

"무슨 개소리냐?"

"너는 백날 설명해도 이해하지 못할 것이다."

선우는 현청하 눈에 눈물이 고이는 것을 보았다.

그때 갑자기 현풍림이 양손으로 현청하와 현도도를 잡더니 선우에게 집어 던졌다.

휘익!

선우는 그녀들을 받기 위해 급히 두 팔을 벌렸다.

처척!

선우가 현청하와 현도도를 한꺼번에 안을 때 현풍림은 침대 뒤쪽의 좁은 틈 사이로 사라져 버렸다.

선우는 현청하와 현도도를 내려놓고 급히 그곳으로 가보았으나 방금 전까지 있던 좁은 틈은 감쪽같이 사라졌다.

"으음… 음… 음……."

현청하가 바닥에 누운 채 꿈틀거리면서 신음 소리를 냈다.

선우가 되돌아와서 현청하와 현도도의 재갈을 풀고 손발을 묶은 줄을 간단하게 끊어버리자 현청하는 눈물을 흘리며 부르짖었다.

"오빠! 빨리 도망쳐! 여기 곧 폭발할 거야!"

선우는 어떻게 된 일인지는 모르지만 위급함을 감지했다.

"침대 밑에 폭탄이 있어! 그게 폭발하면 여긴 잿더미로 변해! 오빠! 빨리 도망가!"

현청하는 자신의 목숨보다도 선우가 빨리 도망가기를 원했다.

그긍!

선우의 손짓 한 번에 침대가 벌러덩 뒤로 날아갔다. 그리고 그곳에 차곡차곡 쌓여 있는 열 개 이상의 상자가 보였다. 모르긴 해도 그것들이 폭탄일 것이다.

선우는 즉시 상자들을 향해 손을 뻗어 공신기 극한 기운을 쏟아냈다.

츠츠츠으으.

상자들은 물론이고 그 주위가 순식간에 몇 미터 두께로 꽁꽁 얼어버렸다.

"가자!"

선우는 현청하와 현도도를 양팔에 안고 들어온 입구를 향해 전력으로 달렸다.

선우가 지하실을 거의 빠져나올 때까지 지하실은 폭발을 일으키지 않았다.

휘익!

그가 현청하와 현도도를 안고 지하실 입구 밖으로 솟구치자 나직한 탄성이 터졌다.

"어엇?"

선우가 쳐다보자 저만치에 현풍림이 서서 선우를 보며 놀라고 있는 모습이 보였다.

선우는 현청하와 현도도를 지상에 떨어뜨리고는 현풍림을 향해 전속력으로 쏘아갔다.

현풍림은 어금니를 악물었다. 선우를 지하실로 유인해 폭발시켜 죽이려고 한 계획이 실패하자 그는 선우와 사생결단을 내기로 결심했다.

"와라! 신강가의 재신!"

선우는 현풍림이 생사를 초월했다는 것을 간파했다.

선우는 자신이 끌어낼 수 있는 최고조의 능력을 두 손에 집중해서 뿜어냈다.

"각오해라! 마현가의 신주!"

같은 순간 현풍림도 선우에게 돌진하며 죽을힘을 다해 두 손을 힘껏 내밀었다.

두 개의 회오리가 서로를 향해 무시무시하게 뿜어졌다.

하나는 한복판의 무형을 감싸고 극열과 극한이 회오리치는 기운이다.

또 하나는 흑색과 붉은색의 기운이 역시 회오리치면서 거대한 드릴처럼 소용돌이치고 있다.

콰우우웅!

그리고 그 두 개의 기운이 중간에서 격돌했다.

콰아아아!

그곳으로부터 태풍이 일어나 사방으로 휘몰아쳤다.

선우는 쓰러질 듯이 비틀거리면서 뒤로 연달아 열 걸음 이상 마구 물러났다.

그리고 현풍림은 가랑잎처럼 허공으로 날려가다가 별채의 벽에 부딪쳐 튕겨져서 정원 풀밭에 패대기쳐졌다.

현풍림은 아예 누더기처럼 변해 있었다. 팔다리가 붙어 있던 자리는 찢어진 채 팔다리가 사라졌으며 남아 있는 것은 가슴과 목, 그리고 거기에 붙어 있는 머리뿐이다. 머리 또한 살점이 거의 붙어 있지 않은 해골 같은 처참한 모습이다.

선우와 현청하, 현도도를 비롯한 신강가 사람들이나 마현가 사람들이 현풍림 주위로 다 모여들었다.

그러나 현풍림은 이미 숨이 끊어졌다. 사지가 다 떨어져 나가고 가슴과 복부가 다 파헤쳐졌으며 이목구비가 짓이겨진 상태에서 살아 있을 사람은 아무도 없다.

현풍림에 비해서 너무나도 말짱한 선우는 물끄러미 현풍림을 굽어보다가 문득 심한 회의감을 느꼈다.

어쩌면 저기에 쓰러져 죽어 있는 사람이 현풍림이 아니라 자신이었을 수도 있다는 생각이 들었다.

오영민이 현풍림의 생사를 확인하고 선우에게 보고했다.

"죽었습니다. 시체는 신강가의 율법대로 처리하겠습니다."

오영민은 몇몇 일정주의 도움을 받아 현풍림의 사체에 오색의 가루를 뿌리고 불을 붙였다.

퍼어억! 화아악!

그러자 현풍림의 몸뚱이에서 시퍼런 불길이 일어나는가 싶더니 빠르게 재로 화했다.

현청하와 현도도는 선우의 옆에서 물끄러미 현풍림의 몸이 마지막 불꽃 속에 스러지는 광경을 지켜보았다.

두 여자는 눈에서 눈물이 흐르고 있었지만 슬픈 표정은 아니었다.

선우가 오영민에게 명령했다.

"이 여자들을 재신저로 데려가라. 그리고 마현가 사람들은 모두 제압해서 스포그로 이송하라."

이제 끝났다.

직계혈족 일계가 사라졌으므로 마현가는 종말을 고했다고 봐야 한다.

그렇지만 십 년, 혹은 백 년 후에 또 다른 변수가 발생할 것인지 아닐지는 어느 누구도 알 수가 없는 일이다.

현청하가 선우에게 물었다.

"오빠, 다치지 않았어?"

"나는 괜찮다."

그렇게 대답하면서 선우는 친오빠의 죽음 앞에서 그렇게 묻는 현청하의 심정은 어떨까 하고 잠시 생각해 보았다.

"후우……."

그는 긴 한숨을 내쉬었다.

한남동 고불고불한 언덕길을 한 대의 스포츠카가 굉음을 내며 올라가고 있다.

우웅!

10년도 더 된 포르쉐911 터보 옛날 모델이다.

끼익!

포르쉐는 낡은 파라다이스맨션 주차장에 멈추었다.

포르쉐에서 내린 선우는 보스턴백 하나를 어깨에 걸쳐 메고 입구로 걸어갔다.

그가 현관으로 막 들어서려는데 마침 현관 밖으로 나오려던 어떤 사람이 나직한 탄성을 터뜨렸다.

"아……."

고개를 들어 쳐다보던 선우는 벙긋 미소를 지었다.

"마리 씨, 오랜만입니다."

말쑥한 캐주얼 차림의 마리는 그 자리에 얼어붙은 듯 꼼짝도 하지 않고 선우를 바라보는데 두 눈에 눈물이 그렁그렁 고여들었다.

"선우 씨……."

언제부턴가 근처 카페 같은 곳에서 귀에 익은 노래가 흘러나오고 있다.

길을 걸을 때

왼발을 내밀면서

널 사랑한다고 혼잣말로 말하고

오른발을 내밀면서

죽을 때까지 사랑하겠다고 말하리라

그리고 숨을 쉴 때에 내쉬면서

숨이 막히도록 널 그리워한다고 느끼고

들이쉬면서 너 없이는 한순간도 살 수 없다고 느낀다

아아

내가 살아가는 이유는

나는 잠수부이고 네가 산소통이라는 법칙 아래 가능한 거야

가능한 거야

요즘 인기 절정을 달리고 있는 유마리의 최고 히트곡 '내가 사는 이유'이다.

『상남자스타일』 완결